NHK俳句

名句徹底鑑賞ドリル

作句力をアップ

髙柳克弘

NHK出版

はじめに

俳句は、ただ感覚で読んでも、「こういう気持ちわかるな」とか「この言い回しは面白いな」などと、楽しめるようにできています。でも、それはあくまで素材の味。さらにその背景を知れば、もっと句を深く味わえます。素材が、味つけされることで、おいしい料理になるように。

俳句を作ってみたいという初心の方は、ドリル形式の問題を解きながら、おのずと名句の〝旨み〟が分かり、作者のことや時代背景についての知識が身につくはずです。すでに句歴のある経験者は、名句がなぜ名句なのかを知ることで、自身の実作を、一段高みへ持っていくことができるでしょう。

学校で俳句の課題が出た学生さんには、句を作る手掛かりになるはずです。俳句を教えることになった先生は、問題の作例として使ってください。一般の文学や芸術が好きな方にも、句の文脈を知ることで、味わいやすくなるよう、意識しました。

この本は、「名句徹底解剖」と「名句名勝負」の、二部構成でできています。

「名句徹底解剖」では、先人の名句を、毎回一句取り上げて、その句にまつわる五つの問題を示しています。まずは本文を読まないで、問題から答えてみてください。解きやすい問題から、ちょっと難しい問題まで、難易度はさまざまです。知識で答える問題よりも、考えれば答えが出るような問題を、多くしています。

問題を解き終わったら、さあ、本文を読んで、答え合わせです。学校の試験ではないので、正解、不正解が分かるのを、楽しんでください。句の解釈においては、先行研究も踏まえつつ、一般的な解釈を示すように心がけました。

実作者の方には、本文の中に、「注目ポイント」というコーナーを用意しています。ここでは、「読む」ことよりも「詠《よ》む」ことに重点を置いて、実作に役立つ助言などを入れています。

「名句名勝負」は、共通するテーマのある二句を比較して、それぞれの句の魅力を相対的に浮き上がらせる、という趣旨です。「色彩対決」「木枯対決」など、相撲《すもう》の取り組みのようなタイトルがついていますが、優劣をつけよう、ということではありません。実際、句の優劣を判断する基準は、さまざまです。「名句名勝負」の中で解説しているのは、句を判定する際に用いられる「物差し」のいくつかです。その「物差し」は、ふだんの句会で、選をするときにも使うことができるでしょう。

名句とは、時を超える言葉。ドリルの問題を解きながら、多くの人の心を捉《とら》えてきた言葉のパワーを感じ取ってください。

目次

名句鑑賞入門

俳句を「詠《よ》む」人は多くても、「読む」人がほとんどいないといわれています。確かに、本屋で売れている俳句関連の書籍では入門書が多く、句集はあまり売れていないようです。しかし、実は名句はたくさんのことを教えてくれます。入門書を何冊読んでもわからないことが、名句の成り立ちや背景を知ることで、ぱっとわかることも、珍しくありません。たとえば、次の句を見てみましょう。

古池や蛙《かわず》飛びこむ水の音　　芭蕉《ばしょう》

誰もが知っているこの句、「知っている」というだけで、なぜ名句であるのか、あまり深く考えたことがないのであれば、とてももったいないです。**この句には、俳句作りのヒントが、たくさん隠されているのです。**

まず第一に、とてもイメージしやすいということ。たった十七音しかない俳句で、**読み手の心に絵や写真のような映像が浮かぶ**ということは、実はすごいことなのです。つまり、心の中に絵や映像が浮かぶ句は、言葉遣いが巧みである、ということがいえます。芭蕉の弟子の各務支考《かがみしこう》は、この句を例に挙げながら「発句《ほっく》は屏風《びょうぶ》の絵と思ふべし」（『俳諧《はいかい》二十五箇条』）

という自説を展開しました。支考は、何か難しいことが書かれていることよりも、絵が浮かぶように作られていることこそが良いのだとして、この句を全国に宣伝しました。その結果、古池の句は、日本で一番有名な句になったのです。

古池の句が教えてくれることの第二点目は、ここに書かれている内容が、とてもシンプルだということです。俳句を作る時に、思いが溢《あふ》れて、何もかも言おうとしてしまうパターンがあります。でも、芭蕉の句は、古池があることと、そこに蛙が飛び込んだことしか言っていません。そして、大事なのは、ささやかなことしか言っていないのに、背景にさまざまなものが連想されてくるところです。「古池」があるのだから、まわりには粗末な庵《いおり》があるのだろうと思わせますし、蛙が動き始めるころなら、他の鳥や小動物たちもそのへんにいるのかもしれない、と想像されます。「二」**を言うことで、「十」のことを感じさせる**のが俳句なのだと、この句は教えてくれます。

三点目は、主観的、抽象的な言葉が一切入っていないこと。水の音を聞いてしみじみしたとか、春めいてきてなんだか心がうきうきしてきたとか、そうしたことは書かれていません。感情的な言葉は、言いたいことを直接的にあらわすぶん、短い俳句で使ってしまうと、いかにも芸がないのです。**嬉《うれ》しいということを、「嬉し」という言葉を使わないであらわす**のが俳句なのです。

四点目は、**切字《きれじ》の「や」の使い方**です。普通の文章では、「古池に蛙飛びこむ水の音」となるところ、「古池や」と切字を使っています。「や」の切字にはさまざまな働きがあるのですが、この場合、音調を整えるために使われています。上からだらだらと述べるよりも、いったん「や」で切ったほうが、一句の声調が引き締まったものになります。俳句では、**意味を伝えるだけでなく、音調も大切**であることを、「や」が示しています。

五点目は——これがいちばん要のところなのですが——**「蛙」という季語を、新しく扱っている**ということです。俳句は季語を入れることがルールですが、季語は大昔からたくさんの人が詠んできたので、手垢《てあか》にまみれてしまっています。それを、新しい切り口で詠んだとき、読者は「こういう詠み方があったのか！」と感動を覚えるのです。

この句の場合、まずは、蛙がジャンプした場面を切り取ったことの新しさがあります。伝統的に「蛙」はカジカガエルの澄んだ音色を詠むものであり、蛙の動作や仕草を詠んだ句は、ほとんどなかったのです。さらに「古池」と「蛙飛びこむ」を結び付けたのも画期的でした。カジカガエルは、山吹の花咲く清流に住んでいるものとして詠まれてきたので、冬の間にどんよりと濁った古池に棲《す》む蛙の姿をつかみとったのが新鮮だったのです。

昔の人はそんなに視野が狭かったのかと呆《あき》れるわけにもいきません。現代の私たちも、常識や偏見にとらわれて、対象の実際に向き合うことを、つい忘れがちです。私は今「N

HK俳句」の選者を務めているのですが、毎月寄せられるたくさんの投句を選していると、季語の詠み方にあるパターンがあることに気づきます。たとえば「菫《すみれ》」という題のときには、「すみれの花咲く頃」という歌のためか「宝塚」と組み合わせた句が多く、「蛾《が》」という題では、速水御舟《はやみぎょしゅう》の絵のようだという句がたくさん見られました。こうした**常識的な言葉の関係性を、まず解体し、自分の目や耳で摑み取って来たものを俳句にする**とよいということを、古池の句は教えてくれます。

「詠む」ことと「読む」ことは、切っても切り離せない関係であるということがお分かりいただけたでしょうか。名句の良さが分かれば、ふだんの作句や、句会でも、「句を選ぶ」ときの基準が分かります。「読む」ことは、選をするということの、基礎にあります。いま、古池の句について述べた、「イメージがはっきりしていること」「省略がきいていること」「感情を抑えていること」「切字をうまく使っていること」「季語を新しい角度から詠んでいること」は、すべて、そのまま選の基準にもなります。

最後に、もうひとつ。俳句を作るためではなくても、純粋に俳句を読むことは面白いのです。それは、小説やエッセイを読み、あるいは映画を観る喜びとは別種の面白さです。

その面白さとは、ひとことで言えば、ふだん使っている言葉の印象が変わる、ということです。たとえば、この本で取り上げた中から、次の一句。

蟻《あり》の道雲の峰より続きけん　一茶《いっさ》

蟻の道は、日常的に、私たちがよく見かけるものです。それゆえに、蟻の道に心を動かされるということもないでしょう。「ああ、どこかに餌《えさ》があるのかな」と思うぐらいです。ところが、この句では、「雲の峰より続きけん」と、地平線の彼方《かなた》まで続いているかのように蟻の道が表現されています。まるで王の凱旋《がいせん》のような堂々としたさまに、私たちは、蟻の道についての見方を改めさせられます。そして、蟻という生き物の見方が、変わるのです。実は、極小の体の中に、雲の峰に匹敵するような命の輝きを秘めているのではないか、と。

小説を読み、映画を観るときの喜びは、ストーリーを味わうことにあります。短い俳句は、ストーリーがないために、物足りなく感じるかもしれません。しかし、言葉というものの面白さ、奥深さを、これほど感じられる芸術はありません。季語に対して、どういう言葉を持ってくるかで、その季語の情感や意味は大きく変貌します。

通常の文章とは異なる俳句の「読み方」を知れば、俳句を読むことは、さほど難しくありません。この本を通して、名句の「読み方」を知り、「俳句を読む楽しみ」を感じ取ってもらえたら、幸いです。

第1章

名句徹底解剖

名句に込められた作者の心情や
時代背景、発想法など、
これまで語られることのなかった
名句の新たな魅力を
クイズ形式で解き明かします。

注目ポイント
かな止めの極意

さまざまの事思ひ出す桜かな

芭蕉《ばしょう》

Q1
この句には「切字《きれじ》」が一つ使われています。抜き出してください。

Q2
「思ひ出す」の主語は何でしょうか?

Q3
「思ひ出す」の動詞の活用形は、次のうちどれでしょうか?
○連用形
○連体形
○終止形

Q4
この「桜」は、どんな状態の桜でしょうか?
○ほころびはじめた桜
○満開の桜
○散りはじめた桜

Q5
芭蕉はこの句を作ったとき、どのような状況に置かれていたでしょうか?
○庵が火事に遭《あ》った後だった
○『おくのほそ道』の旅から帰ってきたばかりだった
○久しぶりに故郷に帰省した
○親しかった女性が亡くなった知らせを聞いた

Q1 この句には「切字」が一つ使われています。抜き出してください。

正解は「桜かな」の「**かな**」です。「かな」は多くの場合一句の末尾に置かれ、感動や詠嘆を表します。いつの時代も変わることのない桜の美しさへの感動を、「かな」の切字が代弁しているのです。

Q2 「思ひ出す」の主語は何でしょうか?

正解は「**作者自身**」です。「思ひ出す」の後にすぐ「桜」がくるので桜が主語にも見えます。でも、桜が思い出していると解釈してしまうと、桜しか出てこず、句の世界が小さくなってしまいます。これは俳句独特の文体です。「思ひ出す」の後に、軽い切れがあると考えてください。さまざまなことを思い出している私（作者）の前に、いま桜が咲いている、と解釈しましょう。

Q3 「思ひ出す」の動詞の活用形は、次のうちどれでしょうか?

正解は「**連体形**」です。下の言葉とつながっているようで意味の流れは断たれている、という微妙なニュアンスを出すため、連体形がとられています。終止形では強く切れることになり、「かな」の切字の効果が薄れてしまいます。「思ひ出す」の四段活用動詞は連体形と終止形が同じ形なのですが、そのような理由からここは連体形です。

注目ポイント 代表的な切字には、「や」と「かな」と「けり」があります。このうち、「かな」

の使い方には、ちょっとクセがあるので注意しましょう。たとえばこの句の場合、「さまざまの思ひ出す事桜かな」では中七《なかしち》が体言止めになるため、強く切れてしまいます。下五《しもご》を「かな」止めする場合、中七の最後は多くの場合、活用語の連体形となります。

Q4 この「桜」は、どんな状態の桜でしょうか?

正解は「**満開の桜**」です。「桜」について宝永三（一七〇六）年成立の蕉門《しょうもん》系の伝書『俳諧雅楽抄《はいかいがかくしょう》』は「花麗全盛と見るべし」（桜は満開として詠《よ》むもの）と説いています。懐旧の念に散る花の儚《はかな》さを取り合わせたのでは平板です。そうではなく、満開の桜の華やかさを取り合わせた点に新しみがあり、懐旧の思いが強く伝わるのです。ちなみに現代では馴染みの染井吉野《そめいよしの》は明治の初めに東京・染井で開発された園芸品種。芭蕉が仰いだのは山桜でした。

Q5 芭蕉はこの句を作ったとき、どのような状況に置かれていたでしょうか?

正解は「**久しぶりに故郷に帰省した**」です。『笈《おい》の小文《こぶみ》』の旅の途上、故郷の伊賀上野に立ち寄った際に詠まれました。

若い頃、芭蕉は藤堂新七郎《とうどうしんしちろう》家の良忠《よしただ》（俳号・蟬吟《せんぎん》）に仕えていました。しかし芭蕉が二十三歳のとき蟬吟は二十五歳で病没。この死をきっかけに芭蕉は郷里の上野を離れ、二十二年ぶりの帰郷でした。立派に成人した蟬吟の遺子・良長《よしなが》（俳号・探丸《たんがん》）が花見の宴に誘ってくれたと、自筆の前書に書かれています。芭蕉はこの時、四十五歳。

かつての主人の遺子とともに桜を仰いだ芭蕉の胸には、蟬吟とともにあった日々の思い出が押し寄せたことでしょう。蟬吟と芭蕉は同じ年頃ということもあり、身分を越えた親密な関係が生まれていたと言われます。桜の花びらは薄く、それ自体がまるで遠い記憶の一つ一つに見えてきます。梅でも牡丹《ぼたん》でもなく、季語が「桜」であることがポイントなのです。

この句が今も広く愛誦《あいしょう》されているのは、読者それぞれが、自分の人生を重ねて読むことができるからでしょう。たとえば平成十七年、新宿御苑で催された総理大臣主催の「桜を見る会」で、時の首相であった小泉純一郎《こいずみじゅんいちろう》はこの句を引いて挨拶《あいさつ》しています。

まとめましょう この句は『笈の小文』の旅の途中で、伊賀上野に久しぶりに帰省した際に詠まれました。湧きおこるさまざまの思い出に浸りつつ、美しい満開の桜に対しているのです。現代俳句では避けられがちですが、主観を大胆に打ち出したために、時代を超えて共感を呼ぶ句になりました。

注目ポイント
流れるような調べを

花衣《はなごろも》ぬぐやまつはる紐《ひも》いろ〳〵

杉田《すぎた》久女《ひさじょ》

Q1
この句の季語である「花衣」とは、どんな衣のことでしょう?
○桜の花の模様の衣
○芳香を燻《た》きしめた衣
○花見に着ていく衣

Q2
「紐いろ〳〵《いろ》」の部分は、本来は五音であるべきところ、六音になっています。このように本来の音数を超えてしまうことを何というでしょう?

Q4
久女自身はこの句について、美点はどこにあると語っているでしょう?
○侘《わ》びた風情　○色彩美　○格調の高さ

Q4
久女の句の特徴としてしばしば指摘される、自己愛という意味の言葉を、カタカナ六文字で答えましょう。

Q5
大正時代に俳句結社「ホトトギス」を代表する女流として活躍した久女でしたが、後年、師との関係において悩みます。当時の主宰で、久女の師とは誰でしょう?

Q1 この句の季語である「花衣」とは、どんな衣のことでしょう?

正解は「**花見に着ていく衣**」です。花見をしている最中ではなく、花見から帰ってきて脱ぐときの「花衣」を詠《よ》んでいるのが、切り口としてユニークです。

Q2 「紐いろ〳〵」の部分は、本来は五音であるべきところ、六音になっています。このように本来の音数を超えてしまうことを何というでしょう?

正解は「**字余り**」です。字余りや字足らずなど、五七五のリズムから外れることは避けたほうがよいのですが、例外もあります。この句の字余りは、表現効果をきちんと意図したものです。花見から帰ってきて、着物を脱ぐと、自分の身を縛《しば》っていたもろもろの紐から解放され、同時に心身の疲れを自覚します。その気怠《けだる》い感じ、身体が弛緩《しかん》した感じを、「紐いろ〳〵」の字余りによって表しているのです。

Q3 久女自身はこの句について、美点はどこにあると語っているでしょう?

正解は「**色彩美**」です。久女はこの句について、「ホトトギス」の記事「大正女流俳句の近代的特色」で次のように自解しています。「花見から戻つてきた女が、花衣を一枚〳〵はぎおとす時、腰にしめてゐる色々の紐が、ぬぐ衣にまつはりつくのを小うるさい様な、又《また》花を見てきた甘い疲れぎみもあつて、その動作の印象と、複雑な色彩美を耽美《たんび》的に大胆に言ひ放つてゐる」。鮮やかな花衣の上に、それぞれ色の違う紐が幾本も散らばっている様はまさに絢爛豪華《けんらんごうか》です。『源氏物語』を愛読していた久女の、王朝文学の影響を受けた美意識が根底に見受けられます。

Q4 久女の句の特徴としてしばしば指摘される、自己愛という意味の言葉を、カタカナ六文字で答えましょう。

正解は「**ナルシシズム**」です。自己愛、自己陶酔《とうすい》という意味で、行き過ぎたナルシシズムは読者を呆《あき》れさせてしまいますが、「花衣」の句のナルシシズムは、詩として高められています。「花衣ぬぐやまつはる」という前半部分は、「や」の切字《きれじ》の効果もあって、作者の気分の高潮《こうちょう》が窺《うかが》えます。咲き乱れる桜の記憶を、反芻《はんすう》して楽しんでいるようです。後半の「紐いろ〳〵」では一転してしんみりとした調子に切り替わり、虚脱感、疲労感を伝えています。「紐いろ〳〵」という表記についても、見過ごしにはできません。この字面をよく眺めてみてください。繰り返しを意味する「〳〵」記号が、解けていく絹の紐そのものに見えてきませんか。思うがままに作っているように見えるこの句ですが、実は、内容や調べ、表記の上で、緻密《ちみつ》な配慮の下に作られていることがわかるでしょう。

注目ポイント この句は調べによく配慮がされています。「ハナゴロモ」「ヌグヤ」「マツハル」と明るいアの音を効かせつつ、トーンを高めていって、最後には「ヒモ」「イロイロ」と今度はイの音を重ねてしんみりした雰囲気《ふんいき》を作っています。「舌頭《ぜっとう》に千転《せんてん》せよ」という芭《ば》蕉《しょう》の言葉にならい、口に出してよく調べを吟味してみましょう。

Q5 大正時代に俳句結社「ホトトギス」を代表する女流として活躍した久女でしたが、後年、師との関係において悩みます。当時の主宰で、久女の師とは誰でしょう?

正解は「**高浜虚子**《たかはまきょし》」です。久女がこの句を発表したのは大正八（一九一九）年、二十九歳のとき。俳句を始めてから三年足らずの頃でした。虚子は「女の句として男子の模倣《もほう》を許さぬ特別の位置」に立つと、この句を褒《ほ》め称《たた》えています。久女は師の期待によく応え、「ホトトギス」で頭角を現していきますが、やがて過剰に師に傾倒するようになります。それを疎《うと》んだ虚子は、久女を「ホトトギス」から除名します。最後は病院で、終戦後の食糧事情の悪さのため、五十五歳で命を落としました。身を縛る「紐」は、困難な時代における女性のしがらみを象徴していると見る評者もいるのは、こうした劇的な人生ゆえでしょう。

まとめましょう 花見から帰ってきて着物を脱ぐ女の気怠さを、高い美意識で詠《うた》いあげた一句です。感覚や主情に流されることなく、よく修辞《しゅうじ》が練られている点に、久女の天才的センスを思い知らされます。

侘び・寂びを超えて

春の灯《ひ》や女は持たぬのどぼとけ

日野《ひの》草城《そうじょう》

Q1 「持たぬ」の「ぬ」の助動詞の働きは、どちらでしょう?

◯完了
◯否定

Q2 この句には、身体の一部分の名前が用いられています。抜き出しましょう。

Q3 この句から受ける印象として、もっとも適当なものを選びましょう。

◯健《すこ》やかさ
◯恐ろしさ
◯艶《つや》めかしさ

Q4 草城の句をめぐってしばしば交される議論とは?

◯難解か、平明か
◯事実か、虚構か
◯感覚か、機智か

Q5 作者の草城は、昭和初期における、俳句の新しい表現を求める運動の一端を担いました。この運動のことを、何というでしょう?

◯前衛俳句
◯新興俳句
◯根源俳句

Q1 「持たぬ」の「ぬ」の助動詞の働きは、どちらでしょう?

正解は「**否定**」です。「のどぼとけ」の言葉は、男の喉仏《のどぼとけ》のイメージを読者の脳裏に浮かび上がらせます。ところがそれは「持たぬ」と打ち消されています。否定されることで、喉仏のない女性のなめらかな首筋のイメージが、より鮮明になります。

Q2 この句には、身体の一部分の名前が用いられています。抜き出しましょう。

正解は「**のどぼとけ**」です。身体の一部分を出すと、句のイメージが具体的になります。因《ちな》みにこの句は、初めて発表された雑誌(「ホトトギス」大正十一年七月号)では〈**春灯や女は持たぬ喉仏**〉の表記でした。「春灯」を「春の灯」に、「喉仏」を「のどぼとけ」に変えたことで、ひらがなが増えて一句の印象が柔らかくなっています。

Q3 この句から受ける印象として、もっとも適当なものを選びましょう。

正解は「**艶めかしさ**」です。まず、「春の灯」という季語の効果を考えてみましょう。春は、生き物たちがいきいきと活動しはじめる季節です。生殖行為の季節と言い替えてもよいかもしれません。そんな夜の闇《やみ》の中に浮かび上がる灯火は、艶美な情緒を宿しているのです。

そんな「春の灯」が、すんなりのびた首筋を浮かび上がらせています。その首筋は、「女は持たぬ」と断っているように、女性であるということが強調されています。男のものでは決してない、なめらかでみずみずしい首筋です。前の解説で触れたように、この句の特徴は身体の部位を詠《よ》んでいるところにあります。この句が収められた句集『花氷《はなごおり》』にはこうした句が目立ちます。

春の夜や足のぞかせて横坐り

南風《なんぷう》や化粧に洩《も》れし耳の下

のどぼとけ、足、耳といった身体の部位が示されていることで、イメージがはっきりすると同時に、エロティシズムの源となっています。俳文学者の復本一郎《ふくもといちろう》は「俳句のエロティシズムは、草城によって確立された」と述べています（『日野草城——俳句を変えた男』）。俳句は古色蒼然《そうぜん》とした文芸であるという常識を、これらの句によって、草城は打ち破ったのです。

注目ポイント　エロティシズムの俳句自体は、たとえば蕪村《ぶそん》の〈**ゆく春やおもたき琵琶《びわ》の抱《だき》心《ごころ》**〉などのように、古くから作例を拾うことができますが、直接的な詠いぶりでその領域を広げ、深めたのが草城だったといえるでしょう。侘《わ》び・寂《さ》びや枯淡《こたん》の境地だけが俳句ではありません。エロティシズムの世界は、これから開拓しがいのある、新しい沃野《よくや》なのです。

Q4 草城の句をめぐってしばしば交される議論とは?

正解は「**事実か、虚構か**」です。「春の灯」の句も、いったい首筋の主はどんな女性なのか、モデルを知りたくなってしまいますね。エロティシズムを前面に出した草城の俳句は俳人や詩人たちの耳目《じもく》を驚かせました。とりわけ、当時の人々の憧《あこが》れの高級ホテルであった「ミヤコ　ホテル」の題を持つ連作は、〈**春の宵《よい》なほをとめなる妻と居《お》り**〉〈**をみなとはかゝるものかも春の闇**〉など新婚初夜がモチーフで、その是非をめぐって論争になりました。「ミヤコ　ホテル」の句について、草城はフィクションであると明言しています。真面目な仕事人間だった草城は、旅行はおろか、結婚式のあとも一日も休みを取らなかったそうです。

Q5 作者の草城は、昭和初期における、俳句の新しい表現を求める運動の一端を担いました。この運動のことを、何というでしょう?

正解は「**新興俳句**」です。高浜虚子《たかはまきょし》の主導する花鳥趣味の俳句では満足できない俳人たちが、素材の拡大や無季俳句の実践を通して新しい俳句を目指したのです。

まとめましょう 春の灯に照らされた首筋の、けっして男性には持ちえないなめらかさと美しさを詠んだ、女性賛美の句です。それまでの俳句には見られなかった大胆なエロティシズムは、現代も色あせることはありません。

注目ポイント 意外性は俳句の命

目つむりていても吾《あ》を統《す》ぶ五月の鷹《たか》

寺山修司《てらやましゅうじ》

Q1 「五月」という季語のイメージとして正しいのは？
○明るく清々しい季節
○雨がちでじめじめとした季節

Q2 「〜ても」の表現が意味するのは？
○順接　○逆接

Q3 この句と同様に、視覚をあえて封じた寺山の代表句を、次から選びましょう。
○かくれんぼ三つかぞえて冬になる
○わが夏帽どこまで転べども故郷
○便所より青空見えて啄木忌《たくぼくき》

Q4 この句にはどんな対比の構造があるでしょう？
○白と黒
○天と地
○雅と俗

Q5 作者の寺山修司は劇作家として著名です。彼の率いた劇団は？
○状況劇場　○天井桟敷《てんじょうさじき》
○早稲田小劇場　○黒テント

Q1 「五月」という季語のイメージとして正しいのは？

正解は「**明るく清々しい季節**」です。

旧暦の「五月《さつき》」と読む場合には、梅雨《つゆ》どきのじめじめした季節を示しますが、新暦の「五月《ごがつ》」の場合には、初夏の気持ちのよい季節をさします。「五月晴れ《さつきばれ》」はもともとは梅雨の晴れ間のことをいうのですが、近年では「五月晴れ《ごがつばれ》」と混同され、初夏のからっと晴れた日のことをいうようになりましたね。

因《ちな》みに「五月」は夏、「鷹」は冬の季語なので、厳密には季重なりですが、この句の場合は「五月」の句と見てよいでしょう。青葉若葉に彩られた地の上を、鷹が雄々しく飛んでいるイメージを思い浮かべてください。

Q2 「〜ても」の表現が意味するのは？

正解は「**逆接**」です。前半部分（「目つむりて」）で述べられていたこととは、反対のことが、後半部分（「吾を統ぶ」）で述べられている、これが逆接です。

ふつうに考えれば目をつむっていたら、鷹は見えなくなるわけで、存在感は薄れますよね。しかし、目をつむったとしても、依然としてその存在感は衰えず、自分を統べているようだと言っています。

この句の要は、「ても」の逆接にあります。ただ、空を飛んでいる鷹を見ていたら、まるで自分の王として君臨しているように見えた、というのでは平板です。あえて目をつむって、ひとたびはその存在を追い払い、それでも王としての威容は衰えないでいる、ということで、鷹の雄々しさを強調しているのです。

注目ポイント 同じく寺山修司の〈**初蝶の翅《はね》ゆるめしがとゞまらず**〉も、「翅をゆるめてとゞまれる」では、当たり前。「ゆるめしがとゞまらず」の逆接が、意外性を生んでいます。むやみに奇を衒《てら》う必要はありませんが、一句のどこかに意外性や飛躍があると、読者はその句の前で立ち止まってくれます。

Q3 この句と同様に、視覚をあえて封じた寺山の代表句を、次から選びましょう。

正解は「**かくれんぼ三つかぞえて冬になる**」です。この句は、かくれんぼの鬼側の立場で詠《よ》まれています。逃げていく友達に背を向けて、「いーち、にーい……」と数を数える鬼役は、考えてみればとても悲しい立場にいますね。鬼役の孤独が「冬に入る」という季語に滲《にじ》み出ています。

「目つむりて」の句も、「かくれんぼ」の句も、視覚を封じて、自分の中に引き込もっている点では共通しています。「目つむりて」の句の特徴は、自我からの解放が詠《うた》われていること。寺山には、自分という器が、とても狭いものに感じられたのでしょう。

Q4 この句にはどんな対比の構造があるでしょう?

正解は「**天と地**」です。天上高く舞う鷹と、地上に居る自分とが対比されています。自由で強靭《きょうじん》な鷹への憧《あこが》れは、一個の人間に過ぎない自分への絶望から発しているのでしょう。

Q5 作者の寺山修司は劇作家として著名です。彼の率いた劇団は?

正解は「**天井桟敷**」です。寺山は故郷の青森にいた高校時代、もっとも俳句、短歌に打ち込み、全国規模の学生俳句大会を企画したりしています。上京後、二十代初めより演劇人として活躍するようになります。その片鱗は、高校生の当時に作られたこの句に、すでにあらわれています。鷹の飛ぶ大空の下で、目をつむっている青年の姿は、どこか現実離れしていて、ドラマや劇のワンシーンのようです。寺山は、晩年に再び俳句を作るようになりましたが、生身の自分自身を句に詠むことを拒否し続けました。「魂のリアリズムとは決して個我の追求ではありえないのであり、極めようとした個我から全体へ帰ってくるときにはじめて完成するものと言えるだろう」(「俳句とリアリズム」、「俳句」昭和三十四年四月号)と言っています。

まとめましょう 自分であることを超えようとした寺山の、鷹に象徴される自由への憧れを詠った句です。青春期には俳句の〝定型〟が、そして長じては劇の〝舞台〟が、一羽の鷹として彼を自在に飛翔させてくれたのです。

注目ポイント
類想のない句を

おそるべき君等《きみら》の乳房《ちぶさ》夏来《きた》る

西東三鬼《さいとうさんき》

Q1 この句の季語を抜き出しましょう。

Q2 この句には感情を表す言葉が用いられています。抜き出しましょう。

Q3 「君等」と呼びかけられている女性たちの服装は、どんなものが想像できますか?

○割烹着《かっぽうぎ》
○着物
○薄手の洋服

Q4 この句を作った時の作者・三鬼の年齢層は、どれでしょう?

○青年
○中年
○老年

Q5 新しい俳句を目指す場として、かつて三鬼が参加した雑誌は何というでしょう?

○東大俳句
○京大俳句
○慶大俳句

Q1 この句の季語を抜き出しましょう。

正解は「**夏来る**」です。立夏《りっか》の頃を指す言葉で、「夏立つ」「夏に入る」も同義の季語ですが、この句の場合「来る」の一語が大きな意味を持っています。「来る」の動詞は、直接には「夏」という主語に付くわけですが、「君等の乳房」にも影響を及ぼしています。「君等の乳房」の後に「来る」の語が出てくると、あたかも乳房がぐっと迫ってくるような感覚に囚《とら》われます。詩歌の言語空間は濃密で、言葉同士が密接に関わり合っているのです。

Q2 この句には感情を表す言葉が用いられています。抜き出しましょう。

正解は「**おそるべき**」です。俳句では一般に、感情的な言葉は入れない方が良いとされていますが、意外性のある使い方をするのであれば、感情表現が生きる場合もあります。「乳房」は一般には愛《め》でるものであり、「おそるべき」という形容詞が付くのには飛躍があります。こうした感情を抱く作者の人物像に読者は関心を引かれ、句の世界に引き込まれていくのです。

Q3 「君等」と呼びかけられている女性たちの服装は、どんなものが想像できますか?

正解は「**薄手の洋服**」です。「乳房」という生々しい言葉をあえて使うことで、その盛り上がりが強調されます。さらに「君等」から窺《うかが》えるように集団であることから、街中を歩いている薄手の洋服の女性たちが想定されます。三鬼の自解によれば、モデルは薄いブラウスの女性たちだそうです。

注目ポイント　ありがちな発想や着想を、類想といいます。俳句では、なるべく自分ならではの発想が求められます。類想が生まれるのは、俳句を作ろうという目で世界を見てしまうから。藤田湘子《ふじたしょうし》は、これを「俳句めがね」と称しました。三鬼は「俳句めがね」を取り払った一生活者としての目でありのままの世界に向き合い、猥雑《わいざつ》なものも句に詠《よ》んでいます。

Q4 この句を作った時の作者・三鬼の年齢層は、どれでしょう？

正解は「**中年**」です。この句が発表されたのは昭和二十一（一九四六）年、三鬼は四十六歳の年です。「乳房」に圧倒されながらも「君等」という呼びかけには余裕も感じられます。女性たちより一回りも二回りも年齢が上の中年男性だと、表現の上からも推量できますね。若い女性たちの大胆さに気圧《けお》される自身を、苦笑いとともに受け止めながら、そのエロスを余裕をもって堪能《たんのう》しているのです。たとえば「女等の乳房おそろし」などとすればもっと客観的な句になりますが、「君等」という呼び方は親しげで、中年男性の欲望が生々しく伝わってきます。

ちなみに「おそるべき」は、「恐るべき」と「畏るべき」、どちらだと思いますか？「乳房」をエロスととるなら「恐るべき」となり、母としての象徴ととるなら、「畏るべき」

となるでしょう。三鬼は解釈の余地を残すため、あえて平仮名にしたのだと思いますが、私は「恐るべき」の意味の方が強いと考えます。この句が収録された句集『夜の桃』には〈**中年や遠くみのれる夜の桃**〉〈**女立たせてゆまるや赤き旱星**《ひでりぼし》〉など女性（あるいは女性的イメージ）が多く現れますが、あまり母性というものは感じられず、多分に性的《セクシャル》です。

Q5 新しい俳句を目指す場として、かつて三鬼が参加した雑誌は何というでしょう？

正解は「**京大俳句**」です。京大に関係する若手俳人たちが創刊したこの雑誌は、やがて新しい時代の俳句を目指す新興俳句の拠点となり、三鬼も参加するようになります。伝統的な俳句の格調や情趣にとらわれず、時代の最先端の空気を俳句に取りこんだ三鬼の作風は、洒脱《しゃだつ》で大胆です。

まとめましょう 街を闊歩《かっぽ》する女性たちの放埓《ほうらつ》さに圧倒される中年男性を、自嘲《じちょう》気味に描いた句です。「おそるべき」とは言いながらも、開放的で自由な時代が来たことを、三鬼は大いに歓迎しているのです。

五感を使って詠もう

近代俳句の祖、正岡子規《まさおかしき》は「写生」という方法を強調しました。たしかに、俳句は「見る」ということが基本にあります。ただ、目に見えることだけを追求していったら、俳句は痩せてしまうでしょう。先人の名句から、五感を使って詠《よ》まれた句を拾ってみましょう。

目には青葉山ほとゝぎすはつ鰹《がつお》　山口素堂《やまぐちそどう》

「目には青葉」＝視覚、「山ほとゝぎす」＝聴覚、「はつ鰹（はつ松魚）」＝味覚という、三つの感覚が働いています。感覚を総動員して、初夏の風物詩を楽しんでいるのです。名詞をポンポンポンと並べたリズムも軽快で、夏を迎える心の張りが感じられますね。

うつゝなきつまみごゝろの胡蝶哉《こちょうかな》　蕪村《ぶそん》

触覚を生かした句です。「うつゝなき」は、荘子《そうし》のいわゆる「胡蝶の夢」を念頭に置いた表現。夢から覚めると、自分が蝶の夢を見ていたのか、蝶の夢の中にいるのが自分なのか、わからなくなってしまった、という故事です。

与謝《よさ》蕪村は、荘子の蝶に対し、つまむという子供さながらの行為を通して、その実体を捉《とら》えました。実体に触れてみて、逆に実体がないという結論を得たという、大きな転倒が、この句の命です。触って、実体を捉えたからこそ、「うつゝなき」に真実味が宿ったのです。

柿くへば鐘が鳴るなり法隆寺　　**正岡子規**

柿を食べたという味覚と、鐘が鳴るという聴覚、二つの感覚で、古都奈良のゆかしい雰《ふん》囲《い》気《き》を捉えています。庶民的な味わいの柿と、聖徳太子ゆかりの歴史を持つ法隆寺とが、ゴーンと鐘が鳴りひびく空間で出会う――飛躍ある二つの要素が、みごとに調和しています。

囀《さえずり》やピアノの上の薄埃《うすほこり》　　**島村《しまむら》 元《はじめ》**

耳で聞いた「囀」と、目で見たピアノに積もった薄埃と。チチチチと細かく鳴く鳥の声を、もし視覚的に置き換えたら、まさにピアノの上で光る薄埃のほかない、と思わせます。埃は鬱陶《うっとう》しいものですが、こんなに美しく埃を書けるのか、と驚くばかりです。

この島村元の句に垣間見えるように、言葉の芸術である俳句では、〝音を見る〟、〝匂いを見る〟ということも表現できるのです。

見えさうな金木犀《きんもくせい》の香なりけり　　**津川絵理子《つがわえりこ》**

現実的に考えれば、「香」を「見る」ことなどできるわけではありません。でも、それを「見えさうな」と言われてみると、金木犀の濃厚な香りであれば、金色のかたまりとして、見えそうな気がしてきます。言葉の魔術です。

悠久の時間を詠む

五月雨《さみだれ》の降りのこしてや光堂《ひかりどう》

芭蕉《ばしょう》

Q1 季語の「五月雨」は、どのような雨をさすでしょう?
○晴れの多い五月にたまに降る雨
○えんえんと降り続く梅雨《つゆ》時の雨
○夏の暑さを忘れさせる清々しい雨

Q2 「光堂」は俗称です。正式には何というでしょう?

Q3 「降りのこす」という表現から見えてくる「光堂」の特徴とは、何でしょう?
○堅牢さ　○大きさ
○輝かしさ

Q4 「降りのこしてや」の「や」の働きを、二つ選びましょう。
○列挙
○疑問
○詠嘆
○反語

Q5 この句のテーマとなっているのは?
○時を超えて残るもの
○時とともに変化するもの

Q1 季語の「五月雨」は、どのような雨をさすでしょう?

正解は「**えんえんと降り続く梅雨時の雨**」です。旧暦の五月は、新暦では梅雨の時期に当たります。芭蕉の一門では、五月雨は「晴れ間もなきやうにいふ物也（晴れ間のないように詠《よ》むもの）」（『三冊子《さんぞうし》』）と考えられていました。

Q2 「光堂」は俗称です。正式には何というでしょう?

正解は「**中尊寺金色堂《ちゅうそんじこんじきどう》**」です。光堂は近世になってからの俗称。阿弥陀如来《あみだにょらい》を本尊とする阿弥陀堂で、堂の内外の四壁の全てに金箔《きんぱく》を施したことから金色堂と呼ばれました。天《てん》治《じ》元（一一二四）年、藤原清衡《ふじわらのきよひら》によって建立され、芭蕉が『おくのほそ道』の旅で訪れた元《げん》禄《ろく》二（一六八九）年は、五百六十五年目の年に当たりました。その歳月を心に置き、まず、

五月雨や年〳〵降るも五百たび
蛍火《ほたるび》の昼は消《きえ》つゝ柱かな

という二句を作っています。のちに、『おくのほそ道』の執筆時に、五月雨を詠んだ一句目と、光堂を詠んだ二句目を合わせて、この句ができたと考えられます。

Q3 「降りのこす」という表現から見えてくる「光堂」の特徴とは、何でしょう?

正解は「**輝かしさ**」です。五百年余りの長い歳月、毎年五月雨に晒《さら》されながらも、景色の中で金色堂だけは朽ちることなく、まさに光堂と呼ぶにふさわしく現在も眩《まぶ》しく照り輝

いている、と讃《たた》えたのです。金色堂は四面を鞘堂《さやどう》で覆っていたため、風雪や霜雪による退廃から免れていたのです。「光堂」の「光」を引き立てるために、前の解説で述べたように暗鬱《あんうつ》なイメージのある「五月雨」の季語を、生かしています。

Q4 「降りのこしてや」の「や」の働きを二つ選びましょう。

正解は「**疑問**」と「**詠嘆**」です。さすがの五月雨も、この光堂だけは降り残したのだろうか、と問いかけるかたちをとりながら、今もなお輝きを留めている光堂への感動も込めています。ただ讃嘆するだけではなく、自身では確証をもてず、誰かに同意を求めるかたちをとったことで、飄逸《ひょういつ》な味わいも出ています。

Q5 この句のテーマとなっているのは?

正解は「**時を超えて残るもの**」です。『おくのほそ道』の旅の中で、芭蕉は、古人たちが歌に詠んできた歌枕《うたまくら》の地が、すっかり様変わりしているのをまのあたりにします。その一方で、昔のままにその姿を留めている平泉の金色堂にもまみえることが叶《かな》いました。

この句は、五月雨がしとしとと降る中の光堂という、眼前の景色を空間的に捉《とら》えていると同時に、五百年という歳月にわたって五月雨が光堂に降り続いてきたという、時間的な捉え方もなされています。空間と時間、二つの枠組みで捉えられることで、この句の「光堂」は、現実を超えた神聖ともいえる輝きを放っているのです。

注目ポイント　時の流れによって変わるものと、変わらないもの、双方に触れることで、芭蕉は「不易流行《ふえきりゅうこう》」の人生観、文学観を深めたとされます。「不易流行」とは、あらゆるものは変わっていくように見えながら、本質的には永遠に変わらない本質に根差している、という考え方。芭蕉は、平泉の地で、変わることのない本質を体現するものとして、光堂を見たのです。

まとめましょう　平泉の地で訪れた中尊寺金色堂の素晴らしさを、空間的のみならず時間的な視座からも讃えた句です。奥州藤原氏は産出する黄金を背景に、三代にわたり栄華を極めましたが、源頼朝《みなもとのよりとも》に滅ぼされます。その波瀾《はらん》の歴史を超えて残った光堂に、芭蕉は永遠なるものを見たのです。

言葉の裏にあるもの

短夜《みじかよ》や乳《ち》ぜり泣く児を須可捨焉乎《すてつちまをか》

竹下《たけした》しづの女《じょ》

Q1 「短夜」は、いつの季語でしょう?

Q2 「乳ぜる」とはどういう意味でしょう? 口語に直しましょう。

Q3 「須可捨焉乎」に「すてつちまをか」の振り仮名が振られていることで、どんな効果があるでしょう? 適切なものを二つ、選びましょう

○諧謔味《かいぎゃくみ》を出す
○漢語が読めない人へ配慮する
○格調の高さを演出する
○生々しさを避ける

Q4 「すてつちまをか」というように、あえて疑問形で述べて、否定を強調する修辞法のことを何というでしょう? 漢字二文字で答えましょう。

Q5 「短夜」の句を奨励し、しづの女をはじめとする女性俳人たちの俳壇への参入を、積極的に促した俳人は誰でしょう?

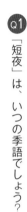

Q1 「短夜」は、いつの季語でしょう？

正解は「**夏**」です。春から夏にかけて日中の時間が長くなり、夜の時間が短くなります。伝統的な和歌・連歌《れんが》では後朝《きぬぎぬ》の情景として詠《よ》まれてきましたが、しづの女の句では、母と子の場面として詠まれているのが、新機軸です。

Q2 「乳ぜる」とはどういう意味でしょう？ 口語に直しましょう。

正解は「**乳を欲しがる**」です。子供がお乳を欲しがって泣いているのですね。ただでさえ短く、じゅうぶんな睡眠を取れない夏の夜に、赤子が泣きわめいて乳を欲しがるのですから、お母さんはたまったものではありません。「ええい、すてっちまおか」とつい吐き捨てるように言いたくなるのも肯《うべな》えます。

Q3 「須可捨焉乎」に「すてつちまをか」の振り仮名が振られていることで、どんな効果があるでしょう？ 適切なものを二つ、選びましょう。

正解は「**諧謔味を出す**」「**生々しさを避ける**」です。しづの女の句の特徴は、何といっても「須可捨焉乎」という奇抜な表現にあります。しづの女は幼い頃から漢籍や『万葉集』に触れ、明治生まれの女性としては恵まれた教育を受けました。長じては小学校教員に奉職します。そこでこうした表現が口を衝《つ》いて出たのでしょう。「須可捨焉乎」は書き下しにすれば「すべからく捨つるべけんや」となりますが、あえて口語の「すてつちまをか」

という振り仮名を振っているズレが、諧謔味を生んでいます。また、古めかしい印象になることで、「すてつちまをか」の真剣さをはぐらかしています。漢文の教養など何の役にも立たない子育ての過酷な現場に置かれていることへの、自嘲《じちょう》の念が、こうした表現に結実したのでしょう。

Q4 「すてつちまをか」というように、あえて疑問形で述べて、否定を強調する修辞法のことを何というでしょう? 漢字二文字で答えましょう。

正解は「**反語**」です。しづの女はこれを「瞬間の叫び」と自解していますが、わが子を捨ててしまおうなどとは、過激ですね。発表された当時には「母親失格」などという批判もありましたが、それは「すてつちまをか」が反語表現であるということを弁《わきま》えていない、的外れな意見です。

注目ポイント 句を読み解く際は、言葉の裏にある作者の思いを汲《く》むことが大事です。あくまで「捨てられない」という否定の意図を強調するため、あえて反対に「捨ててしまおう」と言っているのです。我が子を愛する心と、厭《いと》う心が、母の心に併存するというのは、ごく自然なことではないでしょうか。

Q5 「短夜」の句を奨励し、しづの女をはじめとする女性俳人たちの俳壇への参入を、積極的に促した俳人は誰でしょう?

正解は「**高浜虚子《たかはまきょし》**」です。しづの女は大正八（一九一九）年に俳句を始め、翌年の四月に「ホトトギス」へ投句を開始します。そして八月号で巻頭を得たのが、この「短夜」の句でした。同時作に〈**短夜を乳足らぬ児のかたくなに**〉〈**乳ふくます事にのみ我が春ぞ行く**〉などがあり、当時二男二女の母であったしづの女の奮闘ぶりが窺《うかが》えますね。

虚子は当時、女性を俳句に参入させることに力を入れていました。長谷川《はせがわ》かな女《じょ》、しづの女、杉田久女《すぎたひさじょ》、中村汀女《なかむらていじょ》、星野立子《ほしのたつこ》といった女性俳人たちが虚子の指導のもと、活躍するようになります。理知的で大胆、そして諧謔の精神まで持ち合わせたしづの女の登場により、それまで「台所俳句」と揶揄《やゆ》されてきた女性俳句の領域は、格段に広がったといえるでしょう。

まとめましょう 夏の短い夜を、さらに短くしてしまう赤子の夜泣きに、思わず「すてっちまおか」の本音をこぼしたというのです。もちろんその裏には子への愛があるのですが、これ自体が本音であるのも確かです。今まで女性が思っていても表に出せなかったこうした本音の部分が俳句に書かれるようになったことは、画期的でした。しづの女は女性俳句の開拓者であったと位置づけられるでしょう。

愁《うれ》ひつつ岡《おか》にのぼれば花《はな》いばら

蕪村《ぶそん》

Q1
作者の蕪村は俳人とは別にもう一つの顔を持っています。それはどれでしょう?
○作家　○画家　○商人

Q2
この句をはじめとする蕪村の句の抒情性《じょじょうせい》を高く評価した近代詩人がいます。それは次のうち誰でしょう?
○北原白秋《きたはらはくしゅう》　○中原中也《なかはらちゅうや》
○萩原朔太郎《はぎわらさくたろう》

Q3
この句を含む連作に「かの東皐《とうこう》にのぼれば」という前書《まえがき》がつけられています。漢詩文「帰去来辞《ききょらいのじ》」の一節に拠《よ》るものですが、作者の中国の詩人は誰でしょう?
○陶淵明《とうえんめい》　○李白《りはく》　○蘇東坡《そとうば》

Q4
「花いばら」の季語が呼び起こすイメージのうち、この句においてもっとも重要なものを選んでください。
○鋭い棘《とげ》
○かぐわしい香り
○真っ白な花の色

Q5
「愁ひ」とはこの句の場合、どんな感情でしょうか?
○孤愁　○郷愁　○旅愁

Q1 作者の蕪村は俳人とは別にもう一つの顔を持っています。それはどれでしょう?

正解は「**画家**」です。蕪村は丹後《たんご》（現在の京都府北部）の宮津《みやづ》で南宋画《なんそうが》を学び、後に文人画家として認められ、池大雅《いけのたいが》と並び称されました。〈**五月雨《さみだれ》や大河を前に家二軒**〉〈**菜の花や月は東に日は西に**〉など、蕪村の句はイメージが浮かびやすいのが特徴で、画家の目が生きています。

Q2 この句をはじめとする蕪村の句の抒情性を高く評価した近代詩人がいます。それは次のうち誰でしょう?

正解は「**萩原朔太郎**」です。当時古典文学に傾斜していた朔太郎は蕪村句のロマン性に強く惹《ひ》かれ「郷愁の詩人　与謝蕪村」と題したエッセイを発表しました。この句については「気宇《きう》が大きく、しかも無限の抒情味に溢《あふ》れて居る」と評しています。

Q3 この句を含む連作に「かの東皐にのぼれば」という前書がつけられています。漢詩文「帰去来辞」の一節に拠るものですが、作者の中国の詩人は誰でしょう?

正解は「**陶淵明**」です。「帰去来辞」は官職を辞し、帰郷して田園生活に入ろうとする思いを述べた詩文。その中に「東皐に登り以て舒《おもむろ》に嘯《うそぶ》き　清流に臨みて詩を賦《ふ》す」（東の岡に登っては口笛を吹き、清らかな流れに臨んでは詩を作る）の一節があります。自然の中で心豊かに暮らす、理想の生き方が表されています。蕪村はこの一節に拠った前書を付すことで、故郷を思う自らを、陶淵明に重ねたのです。ちなみに、蕪村という俳号は、この「帰去来辞」の詩句に由来しています。

注目ポイント 俳句は、基本的には十七音だけで、独立して意味が通じるものとされています。しかし、それは近代以降の価値観で、江戸時代には、前書で一句の成立事情や、踏まえている詩歌《しいか》を示すことも、しばしばありました。前書との響き合いによって、一句に奥行と広がりがもたらされる場合もあります。前書はもっと見直されてよいでしょう。

Q4 「花いばら」の季語が呼び起こすイメージのうち、この句においてもっとも重要なものを選んでください。

正解は「**かぐわしい香り**」です。『蕪村句集』では「かの東皐にのぼれば」の前書の後、

花いばら故郷の路《みち》に似たるかな

路たえて香にせまり咲くいばらかな

の二句に続いてこの句が掲げられています。蕪村が花茨《はないばら》の「香」に着目していたことが窺《うかが》えます。野茨は白い小花を夏に咲かせ、群生した花は濃厚な匂いを放ちます。

Q5 「愁ひ」とはこの句の場合、どんな感情でしょうか?

正解は「**郷愁**」です。先に示した『蕪村句集』の前書と三句を連作として読むと、こんなストーリーが浮かび上がります。

――陶淵明のように、自分も細い道に沿って岡を登っていくと、花茨の香りに刺激され、郷里の道を歩いている錯覚に陥《おちい》った。やがてその道もたえて、密生する野茨の花の香りがいっそう迫ってくる。郷愁にかられながら、なおも岡を登っていく。――

プルーストの小説『失われた時を求めて』の初めのほうに、紅茶に浸したマドレーヌの香りによって水中花が開くように過去の思い出がよみがえってきたというくだりがありますが、香りは記憶と密接にかかわっているのです。

蕪村の郷里は摂津国東成郡毛馬村《せっつのくにひがしなりごおりけまむら》（現在の大阪市都島区《みやこじま》）というところです。理由は定かではありませんが、故郷を出て以来、蕪村は没するまで一度も里帰りをしていません。ある手紙の中で、子供の頃には、気持ちの良い春の日に、よく川べりの堤の上に登って遊んだものだ、と回想しています。「ふるさとは遠きにありて思ふもの」（室生犀星《むろおさいせい》）ではありませんが、この句の底には、事情があって帰れない故郷への強い思いが流れているのでしょう。

まとめましょう 野茨の花の咲き乱れる岡を登っていくうち、その芳香に、自らの故郷を思い出したという句です。郷里の田園に帰った陶淵明に自分を重ねつつ、遠くの故郷を切なく思っている、抒情味あふれる一句です。

注目ポイント 現実を歪める

蟻《あり》の道雲の峰より続きけん

一茶《いっさ》

Q1 この句の季語を抜き出しましょう。

Q2 この句の切字《きれじ》を抜き出しましょう。

Q3 遠くの雲の峰と、近くの蟻の道といったように、この句には対比の構図がいくつか見出されます。ほかに、どんな対比があるでしょう?

Q4 「雲の峰より」の部分には、どんな表現技法が使われていますか?

○比較表現
○誇張《こちょう》表現
○矮小《わいしょう》表現

Q5 この句のように俳句では小さな虫にも魂が宿っているように表現することがあります。こうした考え方を一般に何というでしょうか?

○ヒューマニズム
○アニミズム
○シャーマニズム

Q1 この句の季語を抜き出しましょう。

正解は「**蟻**」と「**雲の峰**」です。どちらも夏の季語。ただ、蟻は江戸時代には季語になっていませんでした。「雲の峰」は当時から作例が多く、この句でも主眼は「雲の峰」に置かれています。

Q2 この句の切字を抜き出しましょう。

正解は「**けん**」です。「けん（む）」は本来は過去推量の助動詞ですが、ここでは切字として使われており、「続いているのだろうなあ」と、詠嘆が込められています。

一茶はこの句の切字をあれこれ試していたようです。出典によっては、

蟻の道雲の峰より続きけり

蟻の道雲の峰より続くかな

という形で出てきます。どの形がもっとも句の内容に適《かな》っているのかといえば、「続きけん」であると、私は考えます。語に弾みがあり、営々と働く蟻の道に感嘆し、応援するような調子が出ています。

Q3 遠くの雲の峰と、近くの蟻の道といったように、この句には対比の構図がいくつか見出されます。ほかに、どんな対比があるでしょう?

「**降々たる雲の峰と、足元に蠢《うごめ》くか弱い蟻との対比**」は、特に印象的です。この対比に

よって、蟻の列も、雲の峰に匹敵するかのような逞《たくま》しい生命力を持っていることに、読者は気づかされます。また、「**空に聳《そび》える雲の峰と、地を行く蟻との対比**」も鮮やかです。「雲の峰の白さと蟻の黒さという、色彩の対比**」も指摘できます。さらに、「**上に伸びる雲の峰と、平地に連なる蟻の道**」では、力の向きが全く違います。このように、対照的な二つを並置するのは、一茶の得意とするところ。この句の以前、同じ「雲の峰」の季語で〈**投出した足の先也《なり》雲の峰**〉という句を作っています。よく知られた一茶の句の中にも〈**うつくしや障子《しょうじ》の穴の天の川**〉〈**夕不二《ゆうふじ》に尻を並べてなく蛙《かわず》**〉など、極端な対比の句がしばしば見られます。

一茶は、景色を詠《よ》んでも、主観が強く出ます。そんな自分を、「景色の罪人」と卑下《ひげ》していますす。ですが、そうした一茶の風景句には、単なる写生とは異なる、あたたかみのある視線が感じられます。

Q4 「雲の峰より」の部分には、どんな表現技法が使われていますか？

正解は「**誇張表現**」です。いくら蟻の道が長いとは言っても、現実的には雲の峰から続いているわけはありません。大袈裟《おおげさ》に表すことで、かえって対象の本質に迫れることもあります。この句も、オーバーに表したからこそ、営々と荷を運ぶ蟻の逞しさを表現し得たといえます。

注目ポイント　現実を歪めて、物事を大袈裟に表現してみることも、有効な詩の方法です。ただ、行き過ぎは禁物。たとえば俳句では「大夕焼《おおゆやけ》」「大花野《おおはなの》」と、季語に「大」をつけて誇張することが多いのですが、残りの十二音も相応に力のこもったフレーズでないと、空虚な措辞《そじ》になってしまいます。

Q5　この句のように俳句では小さな虫にも魂が宿っているように表現することがあります。こうした考え方を一般に何というでしょうか？

正解は「**アニミズム**」です。金子兜太《かねことうた》は、人と自然とが生きもの同士、生《なま》のまま触れ合う一茶のアニミズムの世界に惹《ひ》かれると言います。たしかに、一茶の〈**やれ打《うつ》な蠅《はえ》が手をすり足をする**〉や〈**雀《すずめ》の子そこのけ〳〵御馬が通る**〉といった小動物を詠んだ句は、人間と同じように虫や獣を見ています。

一茶は郷里の信州から出てきて、江戸で俳諧師《はいかいし》になろうとして成功には至らず、父の遺産の相続問題、子の早世など、苦労を重ねました。そんな一茶には、蟻や蠅や雀など、人にあまり顧みられない小動物こそが、親しく感じられたのでしょう。

まとめましょう　この蟻の道は、遥かな雲の峰から続いているのだろうと空想した、壮大な叙景句です。雲の峰との対比により、蟻の道を力強く描き出したところが見どころです。

造語で独自の世界観を

瀧《たき》落ちて群青《ぐんじょう》世界とどろけり

水原秋櫻子《みずはらしゅうおうし》

Q1 この句の季語を抜き出しましょう。

Q2 この句には作者が作った言葉が一つ、入っています。抜き出しましょう。

Q3 この句を評する言葉として、ふさわしいものを次から二つ選びましょう。

◯力強い音調
◯観察眼の細やかさ
◯凜《りん》とした句の姿

Q4 「とどろけり」を品詞ごとに分けると、どちらが正しいでしょう?

◯とどろ・けり
◯とどろけ・り

Q5 この滝のモデルはどれでしょう?

◯白糸の滝
◯ナイアガラの滝
◯那智の滝

Q1 この句の季語を抜き出しましょう。

正解は「**瀧**（滝）」です。滝は一年中ありますが、水しぶきを上げて滝が落ちるさまは、清涼感を人々に与えてくれます。そのため夏の季語になっているのです。

Q2 この句には作者が作った言葉が一つ、入っています。抜き出しましょう。

正解は「**群青世界**」です。この句が作られた昭和二十九（一九五四）年の前年、平泉の中《ちゅう》尊寺金色堂《そんじこんじきどう》で、秋櫻子は次の句を詠《よ》みました。

青梅雨《あおつゆ》の金色世界来て拝《おが》む

案内の僧から教えられた「金色世界」の言葉で、全面に金箔《きんぱく》を貼《は》った金色堂の荘厳さを表現したのです。この経験をもとに、滝を見て今度は「群青世界」という造語を生み出します。「群青世界」は、調べに張りがあって、魅力的な造語ですね。滝がとどろくのは当たり前です。「群青世界」がとどろいているのだ、と表現されていることで、読者を一句の世界に巻き込んでいくような、ダイナミズムが生まれています。

句集では「瀧落ちて」の句の前に〈**山杉の群青瀧のけぶり落つ**〉があります。滝をとりまく杉の青さが「群青世界」を形作っているのですね。ただし、単純に山杉の色のみを指すわけではありません。杉木立の青さは、滝を中心とする空間全体に及んでいます。流れ落ちる滝そのものの印象や、滝壺《たきつぼ》の水、滝の上の空……形を持たないはずの滝の音までもが、群青色に染まっているかのように感じられてきませんか。

注目ポイント 秋櫻子は高い美意識によって、いくつか見事な造語を創出しています。たとえば、〈**高嶺星《たかねぼし》蚕飼《こかい》の村は寝しづまり**〉の「高嶺星」は、高嶺の上に輝く星。〈**麦秋《ばくしゅう》の中なるが悲し聖廃墟《せいはいきょ》**〉の「聖廃墟」は、聖なる廃墟、つまり教会の廃墟。具体的には原爆によって破壊された浦上天主堂《うらかみてんしゅどう》です。独自の世界観を作るのに、造語は貢献します。

Q3 この句を評する言葉として、ふさわしいものを次から二つ選びましょう。

正解は「**力強い音調**」と「**凜とした句の姿**」です。助詞を極力排することで、この二つを獲得しているのです。「瀧が落ちて」「群青の世界」などとしては台無しですね。「とどろけり」の下五《しもご》も絶妙です。仮に「ひびきけり」「鳴りにけり」では、この力強さは出ないでしょう。

Q4 「とどろけり」を品詞ごとに分けると、どちらが正しいでしょう?

正解は「**とどろけ・り**」です。この句の「けり」は、代表的な切字《きれじ》の「けり」ではありません。「とどろく」という四段活用の動詞の已然《いぜん》形「とどろけ」に、完了の助動詞の「り」が接続しているのです。

「り」の助動詞は、接続する動詞が限られているので、注意が必要です。サ行変格活用動詞の未然形と四段活用の動詞の已然形にしか接続しないのです。「サ未四已（さみしい）

助動詞」と覚えてください。

Q5 この滝のモデルはどれでしょう？

正解は「**那智の滝**」です。細く落ちる水が横に列をなす「白糸の滝」も素晴らしい眺めですが、この句の堂々たる調べと立ち姿からすると、やはり高所から一本の流れが落ちる「那智の滝」がふさわしいでしょう。「那智の滝」は和歌山県那智山の名勝。秋櫻子の師であった高浜虚子《たかはまきょし》は、昭和八年、同じ那智の滝で、こんな句を詠んでいます。

神にませばまこと美《うる》はし那智の瀧

秋櫻子の句と比べてみると、二人の資質の違いが垣間見え、興味深いですね。虚子はゆるやかな調べに乗せて、神体である滝を、衒《てら》いなく讃《たた》えています。秋櫻子は力の漲《みなぎ》った調べによって、自身の理想とする美の世界を、句の上に現出させています。

まとめましょう 轟々《ごうごう》と落ちる那智の滝の迫力を、「群青世界」の造語によって、力強く詠《うた》い切っています。勇壮な滝が、そのまま俳句に化したような名吟です。

間違いやすい文法

芭蕉《ばしょう》の〈**荒海《あらうみ》や佐渡によこたふ天河《あまのがは》**〉は、押しも押されもせぬ名句ですが、「横たふ」は文法違反だ、という説も。「横たふ」は他動詞、つまり何かによって横たえられた、という意味になりますが、ここは「横たはる」という自動詞、つまりみずから横たわったとしなくてはおかしい、というわけです。ただ、ここは造物主のような大いなる存在が横たえたのだ、という意味にした方が宇宙的な広がりが出るので、あながち間違いとも言いきれません。俳句ではしばしば文法を違反して短縮した表現をとることも多く、芭蕉の句のように、通常の文法を逸脱することで詩が生まれるということもあり得るのです。どこまで文法違反を許容するかの線引きは、それぞれの俳人の考えもあり、一概に言えませんが、ここでは明らかに間違いであり、実作において勘違いされやすいものをあげます。

くせものの助動詞「り」

〈**春の海白き巨船の現れり**〉。一見すると間違いがないようですが、「現れり」が文法違反。助動詞「り」は、サ行変格活用の動詞か四段活用の動詞にしか接続しないのです。「現る」は、下二段活用の動詞なので、「現れり」とはなりません。たとえば「現れぬ」と、助動詞の「ぬ」に置き換えればよいでしょう。「り」はくせのある助動詞ですので注意。

「涼しけり」は間違い

「涼しけり」は、形容詞の終止形「涼し」に助動詞「けり」が付いた形になりますが、「けり」は連用形にしか接続しません。「涼しかりけり」とするべきですが、それは長いという場合、「涼しさよ」などと詠嘆の助詞「よ」を付けるか、「川涼し」「海涼し」など場所を詠《よ》み込むか、「夕涼し」などと時間を詠み込むか、工夫しましょう。

一般的には文法違反だけれど、俳句での作例が多いことから、許容できるというものもあります。たとえば、〈**蛍火《ほたるび》や手首ほそしと摑《つか》まれし**　正木《まさき》ゆう子《こ》〉は、現在のことを詠んでいるのですが、「つかまれし」の「し」は過去の助動詞「き」の連体形になっています。これは「き」を存続の意味（過去に起きたことが現在まで続いている）で使っているのです。「き」や「し」の音の鋭さが俳人に好まれることから多用されてきました。また、〈**春の山屍《かばね》を埋めて空《むな》しかり**　高浜虚子《たかはまきょし》〉の「空しかり」。形容詞のカリ活用はあくまで助動詞に接続するためのものなのですが、「空しかり」のあとに助動詞がない形になってしまっています。「空し」でいいところを、五音に合わせるためにこういう形になっているのです。このあたりについては、厳密には文法違反なのでしょうが、すでに多くの作例もあることから、認めてもよいのではないかと、私は考えます。

注目ポイント
文体の挑戦

夏草に汽罐車《きかんしゃ》の車輪来て止《と》まる

山口誓子《やまぐちせいし》

Q1
カメラにたとえると、この句の視点は、どのような動きをしているでしょう? 次の二つから選びましょう。
○ズームイン
○ズームアウト

Q2
この句には字余りになっている部分があります。抜き出しましょう。

Q3
俳句に動詞は少ない方が良いといわれますが、この句には二つの動詞が使われています。二つを抜き出しましょう。

Q4
伝統的に俳句に使われるある言葉を、誓子はあえてこの句において使用していません。その言葉とは?
○季語
○助詞
○切字《きれじ》

Q5
この句には、さまざまな対比が隠されています。色彩の上では、何色と何色が対比されているでしょう?

Q1 カメラにたとえると、この句の視点は、どのような動きをしているでしょう？ 次の二つから選びましょう。

正解は「**ズームイン**」です。ズームインは、カメラがだんだん対象に近づいていくこと（ズームアウトはその逆です）。この句では、「汽罐車」という巨大な対象から、その「車輪」へとカメラがぐっと近づいていきます。仮に「夏草に汽罐車の巨体来て止る」などとしてしまっては、大づかみで、平板な絵面になってしまいます。「車輪」に焦点を当てることで、より臨場感のある映像を作り出しているのです。

Q2 この句には字余りになっている部分があります。抜き出しましょう。

正解は「**汽罐車の車輪**」です。本来七音であるべきところが八音になっています。字余りはなるべく避けたいのですが、この句は「汽罐車」の迫力や重量感を強調するのに字余りが効果的に働いています。

Q3 俳句に動詞は少ない方が良いといわれますが、この句には二つの動詞が使われています。二つを抜き出しましょう。

正解は「**来て**」と「**止る**」です。俳句で動詞を多用すると、説明的になるといわれます。しかしこの句では、「来て止る」と動詞を二つ重ねることで、線路脇の夏草に汽罐車の車輪がゆっくり接近してきて、停止する、という一連の動きが、より詳しく描出されています。対象を徹底的に描き尽くすのが、誓子の作風の特徴です。

Q4 伝統的に俳句に使われるある言葉を、誓子はあえてこの句において使用していません。その言葉とは？

正解は「**切字**」です。たとえばこの句は「夏草や汽罐車の車輪来て止る」「夏草に汽罐車の車輪止るかな」など切字を用いて表現することもできたはずです。しかし、時代に肉薄した新しい表現を求める誓子は当時、あえて「や」「かな」「けり」といった切字を使わない句の形を模索していたのです。

切字を用いると、句に安定感が生まれます。しかし、誓子がここで題材にしているのは、汽罐車という荒々しい存在です。汽罐車の迫力を表現するためには、切字を使わないで、動詞を中心にした躍動的な文体の方がふさわしいのです。

注目ポイント 切字は、俳句らしい調べを確保し、俳句の本質である切れをもたらすものです。しかし、切字ばかり使っていては、同じような文体の句になってしまいます。誓子はあえて切字を避けることで、独自の文体を作り出しているのです。

Q5 この句には、さまざまな対比が隠されています。色彩の上では、何色と何色が対比されているでしょう？

正解は「**緑と黒**」です。青々とした夏草と、真黒な汽罐車とで、鮮烈な映像を構成しています。また、夏草のしなやかさと、鉄の塊《かたまり》である汽罐車の重々しさも対照的です。夏草は自然の、汽罐車は文明の、それぞれ象徴であるとも解釈できますね。対比の構造を一句に持ち込むと、ともすれば作為的な印象を読者に与えてしまいます。しかし誓子は、対象を冷静に観察し、読者の脳裏に情景がはっきりと浮かんでくるように作っています。そのことで、これらの対比の構造は、情景に自然に織りこまれ、一句に深みを与えています。

この句は昭和八(一九三三)年、「大阪駅構内」と題された連作の中の一句として作られました。線路の脇に夏草が生えている、引き込み線の景と考えられます。俳句は花鳥諷詠《かちょうふうえい》の詩と一般に言われていた時代、汽罐車を俳句に詠んだのは、画期的でした。誓子は法廷やダンスホール、スケート場など、俳句とは一見縁遠い場所に行き、新素材を開拓しました。さて現代の私たちは、時代に合った新しい題材に挑戦しているでしょうか? 誓子の果敢な開拓精神に学びたいですね。

まとめましょう 駅に入り込んできた汽罐車がブレーキをかけ、やがて脇に夏草の茂る線路上で車輪が動きを止めるまでを、迫真の筆致で描いた句です。機械文明の中にも詩を探ろうとする誓子の気迫が、一句の言葉から噴き出てくるようです。

乳母車《うばぐるま》夏の怒濤《どとう》によこむきに

橋本多佳子《はしもとたかこ》

Q1
「夏の怒濤」という季語の意味として適当なのは、どちらでしょう?
○波のように迫ってくる夏空の青さ
○夏の海の荒々しい波

Q2
この句は即物的に作られていますが、作者の情感も伝わってきます。もっともふさわしいものを次から選びましょう。
○緊迫感　○爽快感《そうかい》　○絶望感

Q3
この句の不穏な感じや不安感は、どの語から伝わってくるでしょう?　句の中の言葉を抜き出しましょう。

Q4
この句を評する語としてもっともふさわしいものを選びましょう。
○抽象的
○多義的
○寓話《ぐうわ》的

Q5
橋本多佳子が初学の頃に師事したのは、当時「ホトトギス」で華やかに活躍していた女性俳人でした。それは誰でしょう?
○長谷川《はせがわ》かな女《じょ》
○竹下《たけした》しづの女《じょ》
○杉田《すぎた》久女《ひさじょ》

Q1　「夏の怒濤」という季語の意味として適当なのは、どちらでしょう？

正解は「**夏の海の荒々しい波**」です。この場合の「怒濤」は比喩《ひゆ》ではなく、現実の荒波のこと。夏の海の波は、夏らしい生命力を感じさせるものとして詠《よ》まれます。

Q2　この句は即物的に作られていますが、作者の情感も伝わってきます。もっともふさわしいものを、次から選びましょう。

正解は「**緊迫感**」です。乳母車と夏の荒々しい波の取り合わせは、弱と強、静と動との際立った対比になっており、乳母車はいまにも波にさらわれそうで、はらはらしますね。冬の怒濤では、緊迫感を通りこして残酷な感じになってしまうので、ここでは夏の怒濤がふさわしいのです。

Q3　この句の不穏な感じや不安感は、どの語から伝わってくるでしょう？　句の中の言葉を抜き出しましょう。

正解は「**よこむきに**」です。たとえば「乳母車夏の怒濤に向かひ合ふ」では、堂々とした感じになりますね。外からの力を受けやすい「よこむきに」ということで、危うさ、不穏さが高まっています。さらに、「夏の怒濤によこむきに」と「に」の助詞を重ねた切迫感のある調べも、一句の不穏な雰囲気《ふんいき》を作るのに、一役買っています。

Q4　この句を評する語としてもっともふさわしいものを選びましょう。

正解は「**多義的**」です。この句から危うい印象を受けるのは確かなのですが、さらに詳しく解釈していこうとすると、はっきりしない点も多いのです。作者の自解によれば、この句の舞台は、小田原の御幸ケ浜《みゆきがはま》。娘と話しこんでいて、いつの間にか夏の浜辺に孫の載った乳母車を置き去りにしてしまったという出来事から発想した句とのこと。しかし、句の言葉からは、さまざまな情景が連想されます。この乳母車には赤ん坊が載っているのか、いないのか。あるいは、乳母車は波打ち際に置かれているのか、それともある程度距離があって、遠景として夏の怒濤があるのか。そもそも、これはたまたま見かけた景なのか、自分とかかわりのある乳母車であるのか。

これらの詳細について、はっきりとしないところが、かえってこの句では魅力になっています。というのも、なぜ乳母車がこのようなところに置かれているかという、理由や背景の分からない謎《なぞ》めいたところが、読者の心をザワザワと波立たせ、一句の持っている危機感を加速させているのです。そういう意味で、現実の情景を写したように見えながら、シュールレアリスムの絵画に近い趣もあります。

注目ポイント 大切にされるべき乳母車が、夏の荒波の前に無防備に放置されているという、突拍子もない景色の裏に、どんな事情を想像するのかは、読者それぞれに委ねられています。赤ん坊のか弱さといったような、わかりやすい主題があるわけではないのです。多義的で謎めいていることは、俳句にとっては幾度も読んで想像を楽しめるという、美点になるのです。

Q5 橋本多佳子が初学の頃に師事したのは、当時「ホトトギス」で華やかに活躍していた女性俳人でした。それは誰でしょう?

正解は「**杉田久女**」です。高浜虚子《たかはまきょし》の「ホトトギス」の句会を通して二人は出会いました。情熱的な久女と、理知的な多佳子の資質とは、異なるものですが、のちに多佳子の第二の師となった山口誓子《やまぐちせいし》が「女ごゝろの系譜」と称したように、男性中心だった俳壇に、女性の登場を印象付けた存在として、久女の跡を継いだのは多佳子だったといえるでしょう。多佳子は取材旅行に同行するなど、誓子によく学び、「女誓子」と称されるほどでした。

まとめましょう 徹底的に物に徹した表現に、非情と評される誓子の作風の影響が見てとれます。「乳母車」という母性と切り離せない題材を取り上げて、それすらも客観的に、情を交えずに描き出したところに、従来の女性俳句にはあまり見られなかった多佳子のオリジナリティがあります。

戦争が廊下《ろうか》の奥に立つてゐた

渡邊白泉《わたなべはくせん》

Q1 この句には季語がありません。そのような俳句を、一般に何と呼ぶでしょう?
○絶季俳句
○零季俳句
○無季俳句

Q2 俳句では一般に古典的な言葉遣いの「文語」で句が作られますが、この句は「戦争が」「立つてゐた」と、話し言葉に近い言葉遣いです。こうした言葉遣いのことを文語に対して何というでしょう? 漢字二字で答えましょう。

Q3 「廊下」の象徴するものとして、適当なのはどれでしょう。
○長大な時間の流れ
○日常の生活空間
○日本の伝統的な家族制度

Q4 「戦争が~立つてゐた」というように、人でないものを人のように表現する方法を、漢字三文字で答えましょう。

Q5 戦時中、白泉をはじめ「京大俳句」に所属していた俳人たちが、特高警察に検挙されました。その根拠となった法律は?

Q1 この句には季語がありません。そのような俳句を、一般に何と呼ぶでしょう?

正解は「**無季俳句**」です。戦争になると、伝統的な季語の世界と隔たった生々しい現実を表現するために、白泉たち「新興俳句」の作家たちは、積極的に無季俳句を作りました。この句においては、「戦争」というインパクトのある言葉が、季語に匹敵する重さを持っています。白泉は銃後の生活を、多くの無季俳句にしています。

Q2 俳句では一般に古典的な言葉遣いの「文語」で句が作られますが、この句は「戦争が」「立つてゐた」と、話し言葉に近い言葉遣いです。こうした言葉遣いのことを文語に対して何というでしょう? 漢字二字で答えましょう。

正解は「**口語**」です。口語は文語に比べて、その人の生の述懐に近い印象を与えます。この句においても、不穏な時代に押しつぶされそうになる市井《しせい》の人間の声として、「立ちてをり」の文語よりも「立つてゐた」の口語の方が、真実味を帯びてきます。白泉は口語俳句にセンスを発揮した俳人でした。「戦争が」の句と同じ年に作った〈**憲兵の前で滑つて転んぢやつた**〉は、口語の軽さを生かした句です。軽く、ふざけたように表現していることで、憲兵への痛烈な皮肉を感じさせます。

Q3 「廊下」の象徴するものとして、適当なのはどれでしょう。

正解は「**日常の生活空間**」です。廊下はふだんの生活で、何気なく通るところです。そこに「戦争」が立っているというのは、ふだんの暮らしを続けていたら気づかないうちに戦争状態になってしまった、という唐突さを感じます。この唐突さは、戦争の普遍的な真実ではないでしょうか。この句が作られた昭和十四（一九三九）年、白泉は二十六歳の若者でした。時代は日中戦争の只中《ただなか》。昭和十六年の太平洋戦争開戦まで、もう間もなくという時です。若い白泉は時代の不穏をひしひしと感じていたのでしょう。「廊下の奥」という設定も不気味です。普通、家には玄関から入るものですが、「廊下の奥」に現れるまで気づかなかったということで、人間ではないものがそこにいる、という印象を与えますし、今「奥」にいるということは、いずれはこちらへ徐々に近づいてくるような、怖さを覚えます。

注目ポイント　戦争をいかに詠《よ》むか。そこに作家性が出ます。**〈雪の上にうつぶす敵屍《てきし》銅貨散り〉**と徹底的にリアリズムに拘《こだわ》ったのが長谷川素逝《はせがわそせい》。**〈鶏頭《けいとう》のやうな手をあげ死んでゆけり〉**と抽象化したのが富澤赤黄男《とみざわかきお》。**〈射ち来たる弾道見えずとも低し〉〈そらを撃ち野砲砲身あとずさる〉**など空想の戦場を詠んだ三橋敏雄《みつはしとしお》の句は「戦火想望俳句」と呼ばれます。

Q4　「戦争が～立ってゐた」というように、人でないものを人のように表現する方法を、漢字三文字で答えましょう。

正解は「**擬人《ぎじん》法**」です。擬人法は一般的な表現方法ですが、白泉の句は、戦争という抽象的な言葉を人にたとえて「立つてゐた」と表現している点、非凡な着想です。現実に即して表現すれば「憲兵が廊下の奥に立つてゐた」などという句になるでしょう。これではただの報告です。擬人化することで、「戦争」の持つある面が見えてくるのです。戦争状態では、思想も、価値観も、あらゆるものが硬直化します。憲兵の起立の姿勢は、それを象徴するものでしょう。「立つてゐた」は戦時の本質を捉《とら》えた一語といえるでしょう。

Q5 戦時中、白泉をはじめ「京大俳句」に所属していた俳人たちが、特高警察に検挙されました。その根拠となった法律は?

正解は「**治安維持法**」です。大正十四（一九二五）年、共産主義活動の激化を防ぐために制定されましたが、やがて対象が広がり、文化人にも及びました。この句が作られた翌年の昭和十五年、戦争俳句や銃後俳句で反戦色を強めた「京大俳句」のメンバーが、治安維持法違反の嫌疑で検挙されます。これがいわゆる「京大俳句事件」です。白泉も京都府警察部に連行されます。起訴猶予となりますが、執筆禁止を言い渡されました。

まとめましょう いつの間にか日常に入り込んでくる戦争というものの不気味さを、大胆な擬人化によって表現した句です。戦後七十年余を迎える今、あらためて嚙《か》みしめたい一句です。

注目ポイント
季語だけを詠む

箒木《ははきぎ》に影といふものありにけり

高浜虚子《たかはまきょし》

Q1 「といふ」は、「という」と読みます。こうした現代とは違う仮名遣いの事を、何というでしょう？

Q2 「ありにけり」は、いくつの語から成り立っているフレーズでしょう？ 分解して、それぞれ並べてみましょう。

Q3 この句は「箒木」という季語のことだけを述べています。こうした俳句の作り方を、何というでしょう？

Q4 「箒木」は古い和歌に登場しますが、どういう木として詠《よ》まれたでしょうか？

○涼しげな木
○形のいい木
○不確かな木

Q5 作者の高浜虚子が提唱した俳句の考え方に、あてはまるものを選びましょう。

○花鳥諷詠《かちょうふうえい》
○姿先情後
○客観写生

Q1「といふ」は、「という」と読みます。こうした現代とは違う仮名遣いの事を、何というでしょう？

正解は「**歴史的仮名遣い**（もしくは旧仮名遣い）」です。「いふもの」という字面の柔らかさが、後で述べるような箒木の朦朧《もうろう》としたイメージに適っています。

Q2「ありにけり」は、いくつの語から成り立っているフレーズでしょう？ 分解して、それぞれ並べてみましょう。

正解は「**三つ**」です。「**あり**」と「**に**」と「**けり**」に分かれます。「あり」はラ行変格活用の動詞の連用形。「に」は完了の助動詞「ぬ」の連用形で、ここでは強意の意味で用いられています。「けり」は過去回想の助動詞で、この句の切字《きれじ》です。全体として、「あることだなあ」という詠嘆を含んだ意味になります。

Q3この句は「箒木」という季語のことだけを述べています。こうした俳句の作り方を、何というでしょう？

正解は「**一物仕立《いちぶつじた》て**」です。季語に対して、季語とは直接関係のないフレーズを合わせる「取り合わせ」の方法とは、しばしば対照的に語られます。虚子に多いのは、圧倒的に一物仕立ての句です。

注目ポイント 季語のことだけを詠む場合には、切り口の新しさが求められます。季語は先人たちによって多く詠まれているので、それを踏まえて、自分なりの切り口を探すことになります。成功すると、季語が新生したような感動を読者にもたらします。

Q4 「箒木」は古い和歌に登場しますが、どういう木として詠まれたでしょうか?

正解は「**不確かな木**」です。『新古今和歌集《しんこきんわかしゅう》』に、箒木を詠んだ次のような和歌があります。

園原《そのはら》やふせ屋におふる帚木《ははきぎ》のありとはみえてあはぬ君かな　坂上是則《さかのうえのこれのり》

「園原」は信濃《しなの》の歌枕の地。「園原やふせ屋」は「園原のふせ屋」という意味、そこに生える「箒木」は、遠くからは緑の梢《こずえ》が見えるけれど、近くに寄ってみると見えなくなってしまう。そんな伝説のある木になぞらえて、逢《あ》うことがなかなか叶《かな》わない恋しい人を嘆じた歌です。

夏の季語である箒木は「箒草《ほうきぐさ》」とも言い、細い枝が丸く円錐状《えんすいじょう》に茂り、三、四〇センチから一メートルほどに成長します。刈り取って乾燥させ、箒の材料にすることから、この名があります。

虚子の句は、存在の曖昧《あいまい》な木とされてきた箒木が、夏の日差しの下で影を確かに落としていることを発見したのです。「影のありにけり」ではなく「影といふものありにけり」と、つくづく影に感じ入っている点は、注目したいところ。影を悪魔に奪われた男の悲劇、ドイツの作家シャミッソーの小説「影をなくした男」が示すように、影は存在を裏付けるもの。影を見つけることは即ち、その存在の本質を言い当てることと言えるでしょう。伝説の木として詠《うた》われてきた箒木の、実体を捉《とら》えたところに、この句の感動があるのです。「箒草」という俳文で虚子は、庭木などと違って箒草は「何もない庭のまん中に唯ひとり生えて居ることがよくあるもの」だから、影を意識しやすいと述べています。

Q5 作者の高浜虚子が提唱した俳句の考え方に、あてはまるものを選びましょう。

正解は「**花鳥諷詠**」と「**客観写生**」です。俳句とは人間を含めた自然の変化を詠うものだという定義が「花鳥諷詠」。そこに至る手段が「客観写生」です。虚子によれば、客観写生を進めていくと、主観と客観が混然となり、やがて対象を描くことが作者自身を描く境地に至るということです。

まとめましょう 古歌によって不確かな木とされた箒木に、影を見出したことで、夏の日差しを受けて青々と生い茂る木としての現実を、明らかにした句です。箒木を描くことにとどまらず、自分自身もまた影を持ち、そこに存在していることの不思議を考えているようです。

注目ポイント

通俗性の是非

朝顔に釣瓶《つるべ》とられてもらひ水

千代女《ちよじょ》

Q1 朝顔という季語の持っている伝統的な本意として、もっともふさわしいものを選びましょう。

◯夏らしさ　◯儚《はかな》さ

◯色彩の鮮やかさ

Q2 この句に用いられている技法は?

◯比喩《ひゆ》　◯倒置法　◯擬人法《ぎじんほう》

Q3 正岡子規《まさおかしき》はこの句を厳しく批判しました。子規が「俗極まりて蛇足なり」として、とりわけ良くないとしたのは、この句のどの部分でしょう?

Q4 この句と同じく、風流心の押しつけがましさという評価がなされている句は、次のうちどれでしょう?

◯道のべの木槿《むくげ》は馬にくはれけり　芭蕉《ばしょう》

◯行水《ぎょうずい》の捨てどころなき虫《むし》の声　鬼貫《おにつら》

◯目には青葉山ほとゝぎすはつ鰹《がつお》　素堂《そどう》

Q5 この句が女性の教訓として教えられていた時代もありました。女性が身に付けるべき四つの徳のうち、この句を例に教えられていたものはどれでしょう。

◯婦徳　◯婦言　◯婦容

◯婦功

Q1 朝顔という季語の持っている伝統的な本意として、もっともふさわしいものを選びましょう。

正解は「**儚さ**」です。朝顔は朝咲いて、昼には萎《しぼ》んでしまうので、命の短い花として、無常の表象として詠《よ》まれてきました。井戸の釣瓶に絡みついた朝顔は、ただささえ短命なのだから、毟《むし》り取ってしまうのは躊躇《ためら》われるという内容の千代女の句もまた、こうした朝顔の本意を踏まえているのです。

ちなみに、朝顔は現代では夏のイメージが強いのですが、旧暦に基づく一般的な歳時記では、秋の季語になっています。

Q2 この句に用いられている技法は?

正解は「**擬人法**」です。釣瓶を朝顔の蔓《つる》によって「とられ」たと表現しているところに、擬人法が用いられています。擬人法は作為的な印象を読者に与えるので、使いどころが難しいといえます。この句についても、俗受けを狙った良くない句という評価があります。

Q3 正岡子規《しき》はこの句を厳しく批判しました。子規が「俗極まりて蛇足なり」として、とりわけ良くないとしたのは、この句のどの部分でしょう?

正解は「**もらひ水**」です。この句は作られた当時から世評が高く、長い間、芭蕉《ばしょう》の古池の句と並び称されてきました。ところが、近代の正岡子規は、「人口に膾炙《かいしゃ》する句なれども俗気多くして俳句とはいふべからず」（『俳諧《はいかい》大要』）と、花をいつくしむ心をことさらにひけらかしているものとして否定的に捉《とら》え、常識的で通俗的な「月並俳句」の代表としたのです。子規にとっては、朝顔の蔓が釣瓶にまきついていたというだけでじゅうぶんで、「もらひ水」が嫌味に感じられたのです。

Q4 この句と同じく、風流心の押しつけがましさという評価がなされている句は、次のうちどれでしょう？

正解は「**行水の捨てどころなき虫の声　鬼貫**」です。行水をしたあとの盥《たらい》の水を捨てたら虫がかわいそうだという鬼貫の句は、朝顔の蔓をひきちぎったら気の毒だという千代女の句と、自然への優しさを詠《うた》っているという点で共通しています。

注目ポイント　千代女の句は確かに、写生を基礎とする近代俳句の価値観からすると、ポーズや主情が出すぎてしまっているということになるのでしょう。

ささやかな草花を大事にしたいという心は、慌《あわ》ただしい日常の中で、つい忘れられてしまいます。この句が現代に至るまで、多くの人に愛誦《あいしょう》されてきたのは、そうした心の得難さへの反省があるからでしょう。誰しもがそうでありたいという願う心の反映としての俳句を、通俗的と切り捨ててしまうのはいささか乱暴な話ではないでしょうか。

Q5 この句が女性の教訓として教えられていた時代もありました。女性が身に付けるべき四

つの徳のうち、この句を例に教えられていたものはどれでしょう？

正解は「**婦徳**」です。選択肢にあげたのは、貝原益軒《かいばらえきけん》の『和俗童子訓《わぞくどうじくん》』に著された女性が身に付けるべき四徳。戦前の高等女学校の教育では、千代女のこの句が、婦徳の例としてあげられました。婦徳とは、心正しく、穏やかであること。たとえを使って遠まわしにさとすことを諷喩《ふうゆ》といいますが、俳句は諷喩との相性がよく、教訓として受け取れることもあります。（たとえば芭蕉の「物いへば唇寒し秋の風」など）。千代女の句は、そんなふうに俳句と教訓の間で揺れながらも、これからも人々の口にのぼり続けるでしょう。

まとめましょう 時代の変化に伴い、これほど毀誉褒貶《きよほうへん》に晒《さら》されてきた句も珍しいでしょう。誰もが持っている命への慈しみの心を思い出させてくれる句として、あまり風流心の押しつけとして解さずに味わいたいものです。

千代女は家業の表具屋を営みながら、終生を金沢の地に過ごしました。江戸時代の女性俳人として、生前に句集を出しているのは、異色なことです。千代女は当時から高名で、「朝顔」の句とともに、伝説的俳人となりました。太宰治の短編「千代女」でも、天才少女の代名詞として名前が挙がっています。

推敲・添削で言葉を磨く

推敲《すいこう》は、自分で句の言葉を直すこと。添削は、誰かに直してもらうことです。句を作りっぱなしにするのではなく、推敲や添削を通して、揺るぎのない完成を目指しましょう。先人たちの名句も、推敲や添削のたまものです。いくつか紹介しましょう。

芭蕉《ばしょう》の推敲

何とはなしになにやら床し菫草《すみれぐさ》　（推敲前）

山路来て何やらゆかしすみれ草　（推敲後）

菫の可憐《かれん》さに無性に心惹《ひ》かれる、というのです。初案の「何とはなしになにやら床し」では、抽象的・観念的に過ぎて、実感に乏しいですね。推敲して、「山路来て」とすることによって、菫の咲いているのは山道であると、背景が具体的に見えてきます。芽吹きの木々の山道を登ってきて、春の気分が高まってきたところに、可憐な菫を見つけて、「何やらゆかし」の感動に浸っているのです。心理描写が自然になりましたね。

子規《しき》による漱石《そうせき》句の添削

冬籠《ふゆごも》り今年も無事で罷《まか》りある　（添削前）

冬籠り小猫も無事で罷りある　（添削後）

若き日の夏目漱石は、友人であった正岡子規に俳句を見てもらっていました。これは子規による添削。添削前では、冬籠りの自分のことしか言っていないので、平板の誹《そし》りは免れません。添削後に、「小猫も」として、自分の他に飼っている小猫を登場させたことで、「どこかで拾ってきた猫を、大事に育てていたのだろうな」と想像され、句に物語性が生まれました。

この添削が、のちの『吾輩は猫である』の誕生につながったのかも？　と空想すると、楽しいですね。

久《く》保《ぼ》田《た》万《まん》太《た》郎《ろう》の推敲

淋《さび》しさはつみ木あそびにつもる雪　（推敲前）

淋しさはつみ木のあそびつもる雪　（推敲後）

さびしさは木をつむあそびつもる雪　（さらなる推敲後）

初案では、「つみ木あそびに」の「に」が理屈っぽいですね。「つみ木のあそびつもる雪」と名詞を並べたことですっきりしました。でも、まだまだ万太郎は満足しません。最終的には「つみ木のあそび」を「木をつむあそび」に直しました。「つみ木」という既成の言葉ではなく、「木をつむあそび」という、自分の言葉にしたことで、ぐっとこの句の世界にひきこまれます。「淋しさ」を「さびしさ」とひらがなにしたのも小技が効いています。

注目ポイント

伝統の中に新しみを

あなたなる夜《よ》雨《さめ》の葛《くず》のあなたかな

芝《しば》 不器男《ふきお》

Q1 「あなた」には、次の二種類の意味があります。この句の二つの「あなた」はどちらが適当でしょう？

○二人称の「貴方」
○彼方《かなた》

Q2 この句の季語は「葛」ですが、葛は伝統的に、何と結びつけられて表現されることが多かったでしょうか？

○風
○雨
○星

Q3 この句に用いられている表現技法は？

○倒置法
○擬人法《ぎじんほう》
○反復法

Q4 この句に詠《うた》われた思いとして、もっとも適当なものを選びましょう。

○恋の未練
○望郷
○疎外感

Q5 この句を高く評価し、名鑑賞と称される評を述べた俳人とは、誰でしょう？

Q1 「あなた」には、次の二種類の意味があります。この句の二つの「あなた」はどちらが適当でしょう？

正解は「**彼方**」です。この句には前書がついていて「仙台につく　みちはるかなる伊予《いよ》の我が家をおもへば」とあります。我が家から遠く隔たった地で「夜雨の葛」を目にして、その遥かさをあらためて嚙《か》みしめているのです。カール・ブッセの有名な詩句「山のあなたの空遠く」の「あなた」と同じですね。

Q2 この句の季語は「葛」ですが、葛は伝統的に、何と結びつけられて表現されることが多かったでしょうか？

正解は「**風**」です。葛の葉の裏は白みがかり、風にひるがえると目立つことから、「裏見の葛」として、和歌に多く詠《よ》まれました。「恨み」に掛けて、つれない恋の相手への思いを詠むのに、都合が良かったのです。

注目ポイント 不器男の句が新鮮なのは、「葛」と「風」とのありきたりの関係性を解体して、「葛」と「雨」との新しい関係性を築いたことにあります。とはいえ、単なる雨ではなく「夜雨」ですから、和歌伝統の美意識も引き継ぎつつ、闇《やみ》の中にしっとりと濡《ぬ》れた葛原の、寂しくも美しい眺めを発見しています。伝統の中に新しさを探った作とは、こういう句を指すのですね。

Q3 この句に用いられている表現技法は？

正解は「**反復法**」です。故郷を遥かに離れてしまったという思いが「あなた」を二回反復することで表現されています。具象的な物は「夜雨の葛」だけで、抽象的な「あなた」を二回繰り返すという、この大胆な表現は、易々《やすやす》とできたものではありません。推敲《すいこう》過程が残されています。

陸奥《むつ》の国と伊予の間の真葛かな
陸奥の国と伊予をへだつる真葛かな
伊予陸奥をへだつる夜の真葛かな
かなたなる夜雨の葛のあなたかな
あなたなる夜雨の葛のかなたかな

これらの試案を経て、今の形に落ち着きました。はじめは入っていた地名がやがて省略され、「かなた」よりも「あなた」の音調の柔《やわ》らかさを優先するなど、表現に吟味が重ねられていることがわかりますね。

Q4 この句に詠われた思いとして、もっとも適当なものを選びましょう。

正解は「**望郷**」です。十七音の中に明確に郷里のことが書かれているわけではありませんが、「あなた」への強い思いが感じられ、そこまでして思う地とは故郷に他ならない、と思わせられます。

Q5 この句を高く評価し、名鑑賞と称される評を述べた俳人とは、誰でしょう?

正解は「**高浜虚子**《たかはまきょし》」です。みずからが選をする「ホトトギス」に載ったこの句を「雑詠句評会」で取り上げた虚子は、絵巻物にたとえて評をしています。真っ暗な部分から夜雨の葛の絵に移り、そしてまた真っ暗になる。絵巻を延べていくように望郷の思いが募る、この句のよどみのない心情の流れを言い当てています。

この句は大正十五(一九二六)年、不器男が二十三歳の年に詠まれました。夏休みを利用して郷里の愛媛県北宇和郡明治村《あけはる》(現在の北宇和郡松野町松丸)に帰省していた不器男は、九月下旬、当時在籍していた東北の大学に戻ります。その帰りの旅で作ったのがこの句です。不器男は二十六歳で病死しますが、短い生涯の間に数々の名句を残しました。友人の横山《よこやま》白虹《はくこう》が、彗星《すいせい》の如《ごと》く俳壇の空を通過したと称する所以《ゆえん》です。

まとめましょう 夜雨に包まれる葛原に触発され、遥かな故郷への思いを詠んだ句です。反復表現を生かし、アの音を多用した音楽的な調べの内に、甘やかな望郷の思いをしのばせた、青春俳句の名作です。

注目ポイント
共通点を探る

秋風や模様の違ふ皿二つ

原《はら》　石鼎《せきてい》

Q1
この句から切字《きれじ》を一つ抜き出しましょう。

Q2
季語の「秋風」は、この句においてどのような風として詠《うた》われているでしょう?
○涼しくて心地よい風
○寂しさを誘う風
○きらきらと輝くような風

Q3
この句は「秋風」の季語と「模様の違ふ皿二つ」のフレーズとの、二つの要素から成り立っています。こうした句の作り方のことを、何というでしょう?

Q4
「皿二つ」のように、一句の終わりを名詞や代名詞で止める表現技法の事を、何というでしょう?

Q5
この句から感じ取れる気持ちとして、適当なものを一つ選びましょう。
○愁い
○怒り
○安らぎ

Q1 この句から切字を一つ抜き出しましょう。

正解は「**や**」です。代表的な切字の一つである「や」は普通上五《かみご》か中七《なかしち》に置かれ、一句の中に小休止を作り、後に続く言葉を期待させる効果があります。

Q2 季語の「秋風」は、この句においてどのような風として詠われているでしょう?

正解は「**寂しさを誘う風**」です。現代人の感覚では、涼しく気持ちの良い風という印象が強いのですが、伝統的にもの寂しい風として詠われてきました。

Q3 この句は「秋風」の季語と「模様の違ふ皿二つ」のフレーズとの、二つの要素から成り立っています。こうした句の作り方のことを、何というでしょう?

正解は「**取り合わせ**」です。二つの題材を配合する方法です。二つがうまく映発すると新鮮な詩の世界が開かれます。

注目ポイント 季語に何か別の題材を加えて詠《よ》むのが取り合わせで、季語のことだけを詠むのが一物仕立《いちぶつじた》てです。この句の場合には、季語の「秋風」に対して、同じく寂しさを誘うものとして、「模様の違ふ皿二つ」というフレーズが取り合わされています。季語の持っている情感と共通点があるものや、逆に対比的なものを取り合わせるのがコツです。

Q4 「皿二つ」のように、一句の終わりを名詞や代名詞で止める表現技法の事を、何というでしょう?

正解は「**体言止め**」です。体言とは、名詞（数詞を含む）や代名詞のこと。これらは動詞や形容詞などと違って、活用（変化）しません。したがって、一句が体言で終わっていると句の世界がそこで完結し、安定した印象を与えるのです。この句でも「皿二つ」と体言止めを用いて、しみじみとした余韻《よいん》を生んでいます。

Q5 この句から感じ取れる気持ちとして、適当なものを一つ選びましょう。

正解は「**愁い**」です。この句にはとても長い前書《まえがき》がついています。いわく、「父母のあたたかきふところにさへ入ることをせぬ放浪の子は伯州米子《はくしゅうよなご》に去つて仮の宿りをなす」。作者の原石鼎は島根県簸川《ひかわ》郡塩冶《えんや》村（現在の出雲《いずも》市塩冶）に生まれ、家業を継ぐべく医学の専門学校に入りますが文学や芸術に熱中して中退、放浪生活に入ります。奈良・吉野で医師をしている兄のところに一時身を寄せるものの、一年足らずで出てしまい、郷里に近い米子に仮寓《かぐう》します。「秋風」の句はこの時期の作です。時に大正三（一九一四）年、石鼎は二十八歳でした。

評論家の山本健吉《やまもとけんきち》が「落魄《らくはく》した男の独り暮らしを想像できる」（『現代俳句』）と鑑賞しているように、この句は石鼎の放浪の人生が投影された句として読まれてきました。落ち着かない生活の中で、食器をきちんと一式そろえる余裕もなく、ありあわせの皿ですませている。そんな暮らしの寂しさを詠んだ句とされてきたわけです。

ただし、俳句の鑑賞は、作者の意図に縛《しば》られる必要はありません。前書のことは脇に置いて、十七音の表現のみを対象に、この句の面白さを考えてみましょう。
よく考えるとこの句、料理も載《の》っていない「皿」そのものを題材としているところからして、ちょっと変わっています。皿の形や色合いの美しさを賞翫《しょうがん》しているわけでもありません。ただ、目の前にある皿がちぐはぐであるということに関心を注いでいるのです。模様の違う皿は、この世に存在するものは、一つとして同じものはないことを象徴しているようです。人間もまた、一人一人が違っています。個性があるのは素晴らしいことですが、分かり合えない悲しみや苦しみも、そこに起因します。違った者同士が関わり合いながら生きる、人間というものの根源的な寂しさが、「秋風」に託されているのではないでしょうか。

まとめましょう 卓上に模様の違う二枚の皿が置かれている、そのことへの思いを「秋風」によって表現した句です。原石鼎の放浪生活の一コマを捉《とら》えた句とされていますが、句そのものはきわめて即物的に表現されており、読者のさまざまな連想を誘う幅の広さがあります。

注目ポイント 揺らぐ言葉

鶏頭《けいとう》の十四五本もありぬべし

正岡子規《まさおかしき》

Q1 作者の子規はこのときどのような状況に置かれていたでしょう？
○故郷の松山から上京してきた
○従軍記者として大陸に渡っていた
○病で床に臥《ふ》せっていた

Q2 子規は西洋画の考え方を俳句に生かしました。どういう考え方でしょうか？ 漢字二文字で答えましょう。

Q3 この句を高く評価した人物は、どちらでしょう？
○高浜虚子《たかはまきょし》 ○斎藤茂吉《さいとうもきち》

Q4 「ありぬべし」を口語訳すると、次のうちどれが適当でしょうか？
○あるはずがない
○確かにあるはずだ
○これから必ず咲くだろう

Q5 この句の「鶏頭」を別の季語にしても成り立ってしまうという意見があります。このように、句において季語が必然ではないことを「季語が○○」と言います。○○に当てはまるものを選びましょう。
○浮く ○動く ○傾く

Q1 作者の子規はこのときどのような状況に置かれていたでしょう?

正解は「**病で床に臥せっていた**」です。この句が作られたのは明治三十三(一九〇〇)年九月九日、東京・根岸《ねぎし》の子規庵での句会。子規は脊椎《せきつい》カリエスの病床にありました。亡くなる二年前のことです。

Q2 子規は西洋画の考え方を俳句に生かしました。どういう考え方でしょうか? 漢字二文字で答えましょう。

正解は「**写生**」です。子規は友人の画家・中村不折《なかむらふせつ》の影響で西洋画の写生の理論を知り、俳句に援用したのです。この鶏頭の句も、庭先に咲いた鶏頭を虚心坦懐《きょしんたんかい》に写生したものと見ることができます。

Q3 この句を高く評価した人物は、どちらでしょう?

正解は「**斎藤茂吉**」です。茂吉は「子規の進むべき純熟《じゅんじゅく》の句」と高く評価しました。しかし子規の高弟であった虚子は自らの編纂した『子規句集』の中にこの句を入れていません。この句を名句と位置付ける評論家の山本健吉《やまもとけんきち》は、虚子の態度を「驚くべき頑迷な拒否」(『現代俳句』)と言います。

Q4 「ありぬべし」を口語訳すると、次のうちどれが適当でしょうか?

正解は「**確かにあるはずだ**」です。文法上は「ぬべし」は推量の「べし」に強意の「ぬ」

が付いているので、「そこに鶏頭はきっと十四五本はあるだろう」という意味になります。その意味でとる説もありますが、山本健吉の説にならい、私は断定に近い意味でとりたいと思います。「そこに鶏頭が十四五本確かにあるのだ」と解釈した方が鶏頭にふさわしい迫力が出ます。

Q5 この句の「鶏頭」を別の季語にしても成り立ってしまうという意見があります。このように、句において季語が必然ではないことを「季語が○○」と言います。○○に当てはまるものを選びましょう。

正解は「**動く**」です。鶏頭は枯菊《かれぎく》としたって変わらないではないか、という意見がありますこのように、季語がぴたりと決まっていないことを「季語が動く」と言います。この句の場合、季語の「鶏頭」だけではなく「十四五本」も動くのではないかという意見も示されています。「七八本」とどう違うのか、というわけです。

注目ポイント「動く」「動かない」の論は、芭蕉《ばしょう》の頃からあり、「ふる」「ふらぬ」という言い方をしていました。一句の言葉が動くか、動かないかは、季語をよく理解しているかどうかで決まること。その季語らしさが捉《とら》えられていれば動かないと言えるのです。

俳句の歴史上、これほど評価の分かれる句も珍しいでしょう。「鶏頭論争」と言われる論争を巻き起こしたほどです。名句だと考える評者は、燃え尽きようとする子規の生命を圧倒する存在として鶏頭が描かれていることに感動します。一方、子規が病床にあったことを知らなければ句の情景が読み取りにくく、一句の独立性という観点から、駄句とする評者もあります。

私の考えとしては、やはりこれは名句だと思います。作者のことは知らなくても、鶏頭の真実を言い当てていると思うからです。鶏頭は何といってもその赤さが特徴的ですが、あえて色に言及せず、「十四五本」という数の多さや「ありぬべし」の語調の強さを通してその存在感を表した点は、今でも新鮮です。数をはっきり示すのでなく「十四五本」と大摑《おおづか》みに数えている点も、武骨な鶏頭の花らしいといえます。

表記にも注目してください。「鶏頭」という画数の多い漢字が一句の頭に置かれ、その下に「十四五本」という比較的シンプルな漢字が続きます。これは鶏頭の厚ぼったい花のありようを字面の上で表しています。最後は「ありぬべし」と平仮名が続くことで、すっくと伸びた茎を感じさせます。

まとめましょう かたまって咲く鶏頭の、旺盛《おうせい》な生命力が感じられます。意味や理屈を徹底的に排除することで、言葉そのものの物質的な側面、すなわち見た目や調べの印象が強くなります。そんな俳句ならではの言葉の働きを、よく示す一句です。

注目ポイント 対比的に詠む

芋《いも》の露《つゆ》連山影を正《ただし》うす

飯田蛇笏《いいだだこつ》

Q1 この句は一日の中の、いつ頃の情景を詠《よ》んだものでしょう?

○朝　○昼　○夕方

Q2 「芋」とは、サトイモのこと。では、「芋の露」という言葉が表すイメージとして、ふさわしいのは、次のうちどれでしょう?

○掘り出したサトイモが土の上で露に濡《ぬ》れている

○露ほどに小さなサトイモが掘り出されている

○サトイモの葉の上に露の玉が乗っている

Q3 この場合の「影」とは、連山の何をさすでしょう?

Q4 この句から連想される風景として適当なのはどちらでしょう?

○どんよりと曇った空

○澄み渡った青い空

Q5 「正うす」は、「正くす」が変化した形です。このように変化する現象を、文法の用語で何というでしょう?　漢字二文字で答えましょう。

Q1 この句は一日の中の、いつ頃の情景を詠んだものでしょう?

正解は「**朝**」です。「露」は秋の季語で、大気中の水蒸気が冷えて水滴になり草木などに付いたもの。夜に降りた露を朝に見ることが多いですね。「芋」も秋の季語ですが、「芋の露」で一つの季語になっています。

Q2 「芋」とは、サトイモのこと。では、「芋の露」という言葉が表すイメージとして、ふさわしいのは、次のうちどれでしょう?

正解は「**サトイモの葉の上に露の玉が乗っている**」です。現在ではサツマイモやジャガイモのこともイモと言いますが、俳句で「芋」と言えば、より古くから日本に存在したサトイモをさします。サトイモは大きな葉が特徴ですから、「芋の露」とは、葉の上に乗った露の玉のことを言うわけです。

Q3 この場合の「影」とは、連山の何をさすでしょう?

正解は「**姿**」あるいは「**形**」です。「連山影を正うす」とは、山々が居住まいを正したように並んでいる、ということです。その上で、「影」を多義的に受け取って、山々の姿とともにその影も正しく並んでいる、と読んでもよいでしょう。

Q4 この句から連想される風景として適当なのはどちらでしょう?

正解は「**澄み渡った青い空**」です。朝の空が澄み渡り、稜線《りょうせん》がくっきりと見えるからこそ、山々が居住まいを正しているように感じられたのです。

Q5 「正うす」は、「正くす」が変化した形です。このように変化する現象を、文法の用語で何というでしょう？ 漢字二文字で答えましょう。

正解は「**音便**《おんびん》」です。発音しやすいように語中の音が変化することです。現代の俳句で用いられる形容詞の音便は、イ音便とウ音便の二種類があります。ここでは「正くす」が「正うす」になり、「く」が「う」に変化していますので、ウ音便に分類されます。「正うす」はいわゆる漢文調で、硬く重い印象を与えます。その印象が連山の威容をよく表しています。

この句のポイントは、「芋の露」と「連山」とを一句の中で対比させた点にあります。近くの「芋の露」に遠くの「連山」を配することで、広大な風景が描き出されています。さらに、すぐに干上がってしまう「露」と対比されることで、いつまでもそこにあり続ける「連山」の永遠性が強調されています。同時に、儚《はかな》い露が、山々に匹敵するほどの強さと確かさを具《そな》えているかのように感じられます。あまり人に顧みられることのない畑の「芋の露」が、この一句の中では崇高な輝きを放っています。

注目ポイント この句は、「芋の露」に連山の姿が映っている、というふうにも解釈されます。しかし、それでは対比があまり生きず、句柄が小さくなってしまうでしょう。やはり、芋畑のかなたに山々が聳《そび》えている、といったふうに、景色を大らかに切り取った句と受け取りたいところです。

この堂々たる句、まるで俳句歴数十年のベテランが作った句のように思えませんか？　実は、作者二十九歳のときの句なのです。飯田蛇笏は、山梨県に生まれ、上京して早稲田大学に入りますが、学業半ばの二十四歳で帰郷し、家を継ぎます。「芋の露」の句は、病気を得て隣村の病院に通う日々の中で作られました。「南アルプス連峰が、爽涼《そうりょう》たる大気のなかに、きびしく礼容をととのえていた」と自解しています。

二十九歳の蛇笏の句と思うと、中七下五《なかしちしもご》の表現に、若者らしい気負いが感じ取れます。「連山影を正うす」の若々しく緊張感あるフレーズが、「芋の露」の季語の泥臭さを、見事に打ち払っています。

まとめましょう 畑の芋の広い葉の上に、露の玉が乗っています。彼方《かなた》には山並が姿を整えて並んでいます。やがては露は消え、空も濁っていくでしょう。たちまち移ろっていく風景が、俳句の中にとどめられて、永遠性を与えられています。

雁《かりがね》やのこるものみな美しき

石田波郷《いしだはきょう》

Q1 この句の季語は「雁」。秋に来て、春に帰るという習性を持つ冬鳥ですが、季語としては秋と春、どちらの季語になっているでしょう?

Q2 伝統的な詩歌で「雁」と結びつけられた主題は、何でしょう?

○恋　○旅　○友情

Q3 「のこるもの」とありますが、作者はこれからどこへ去って行くのでしょう? 適当なものを選びましょう。

○赴任先　○観光地　○戦地

Q4 この句は一日のどの時間帯を切り取っているでしょう?

○朝
○昼
○夕べ

Q5 当時の波郷の俳句観を表した「○○と競う」という言葉がありますが、○○に入る言葉はどれでしょう?

○仲間
○古典
○若者

Q1 この句の季語は「雁」。秋に来て、春に帰るという習性を持つ冬鳥ですが、季語としては秋と春、どちらの季語になっているでしょう?

正解は「**秋**」です。雁は十月の末頃にシベリア方面から飛来し、日本で越冬、三月頃に北へ帰ります。やはり渡ってきてはじめて声を聞くときの印象が強いため、歌人たちは秋こそが雁の季節であると認識していました。俳句もそれを踏まえ、単に「雁」といえば秋の季語。春に帰っていく雁は「帰雁《きがん》」と呼び、区別します。

Q2 伝統的な詩歌で「雁」と結びつけられた主題は、何でしょう?

正解は「**旅**」です。雁は秋に来て春には帰るので、「旅」の主題で詠《うた》われることも多かったのです。波郷の句も、「雁」を旅立ちの場面に配する伝統を受け継いでいます。

Q3 「のこるもの」とありますが、作者はこれからどこへ去って行くのでしょう? 適当なものを選びましょう。

正解は「**戦地**」です。ポイントは「みな美しき」の強い主観性です。しばらく会えないというくらいでは「みな美しき」の感慨は湧かないでしょう。この風景を二度と見られなくなる可能性があることを「みな美しき」は暗示しています。

太平洋戦争の最中、召集令状を受けた波郷は入隊の前、評論家の山本健吉《やまもとけんきち》にこの句を染筆して贈ったといいます。仲間との今生の別れかもしれないという思いがあったのでしょう。句集『病鴈《びょうがん》』ではこの句に「留別」という前書《まえがき》がついています。この時、波郷は三十歳。

雁は日本の詩歌《しいか》の伝統的な題材です。詩歌だけに限りません。歌川広重《うたがわひろしげ》に「月に雁」の有名な絵もあるように、日本人の美意識に深く根差しています。日本の秋の風景――そこにある人も木々も大地も、何もかも美しく見えるのは、雁に象徴される日本の伝統的美意識に浸り、それを心から惜しんでいるからなのです。

注目ポイント 波郷は、切字《きれじ》を積極的に使った俳人です。「諸君は、無理にでも『や』『かな』『けり』を使へ。（中略）さうすれば何か底に響いて来る、玄妙《げんみょう》な俳句の力を感じることが出来るであらう」（「鶴」昭和十七年五月号）と弟子に伝えたくらいです。波郷は、散文とは異なる韻文《いんぶん》である俳句の特性を追求した、「韻文精神」の求道者でした。

Q4 この句は一日のどの時間帯を切り取っているでしょう?

正解は「**夕べ**」です。波郷は後にこの句を自解しています。「昭和十八年九月二十三日召集令状来。雁のきのふの夕とわかちなし、夕映が昨日の如《ごと》く美しかつた。何もかも急に美しく眺められた。それら悉《ことごと》くを残してゆかねばならぬのであつた」。ただでさえ戦地へ行く身で惜しまれる風景が、夕映えに包まれているのですから、いっそう美しく見えてくるのです。「美しき」といってもただ景色を讃《たた》えているのではなく、「雁」に託された寂しさの感情も加わり、より複雑な思いが込められています。

召集を受けた波郷は中国に出征し、軍鳩《ぐんきゅう》取扱い兵となります。しかし、間もなく肺疾患を発症し、戦地の病院を転々としながら、昭和二十年にはようやく内地に送還されます。このときに得た肺の病は、波郷を終生苦しめることになりました。

Q5 当時の波郷の俳句観を表した「○○と競う」という言葉がありますが、○○に入る言葉はどれでしょう?

正解は「**古典**」です。当時の波郷は、俳句が説明的になっている、散文化していることを憂い、芭蕉《ばしょう》の厳しい詩精神に倣《なら》うべきだと主張しました。具体的には、蕉門の七部集のひとつである『猿蓑《さるみの》』の格調高い境地を目指しました。その志を半ばにして断たれる危機に晒《さら》された波郷が、理想とする古典的な美の世界を結実させたのが、この一句なのです。

まとめましょう 召集され戦地に送られる波郷が、万感の思いをこめて、夕空を雁の飛ぶ日本の伝統的な秋の風景の素晴らしさを謳《うた》いあげた一句です。芭蕉の俳諧《はいかい》に近づこうとする波郷の高い理想が生んだ、厳しい格調と古典美を味わってください。

「食」という宿業

食べるという行為は、動物的で、美しくないと、古い歌人たちは考えていたのでしょう。和歌や連歌《れんが》では、酒を例外にして、食べるという行為が書かれることはありませんでした。俗の要素を貪欲《どんよく》に取り込む俳諧《はいかい》では、逆に、積極的に食べ物が詠《よ》まれます。

秋来ぬと目にさや豆のふとりかな　**大伴大江丸《おおとものおおえまる》**

大江丸は江戸後期の俳人。『古今和歌集』の有名な和歌〈**秋来ぬと目にはさやかに見えねども風の音にぞおどろかれぬる**　**藤原敏《ふじわらのとし》行《ゆき》**〉を下敷きにしました。「さやか」と「さや豆」が掛けられているのですね。「目には見えない、だって？　いやいや、こうして豆がうまそうに太ってきたじゃないか」と、大胆に歌人を挑発しているところが、いかにも俳諧的。

いつの間《ま》にがらりと涼《すず》しチョコレート　**星野立子《ほしのたつこ》**

暑いときには、チョコレートはべっとりしてしまいますね。ぱりっと小気味よい音をたてて割れたチョコレートに、夏も終わり、新涼の時節になった実感を強めたのです。

金塊《きんかい》のごとくバタあり冷蔵庫　**吉屋信子《よしやのぶこ》**

この句のバターの存在感たるや、〝鎮座〟というにふさわしいですね。「金塊」と表したのはもちろん誇張ですが、戦後まもなくの句であり、実情でもあったようです。

水貝の小鉢の氷ぐもりかな　綾部仁喜《あやべじんき》

水貝は、生の鮑《あわび》を切って、氷を入れた塩水に浮かべた料理。よく冷えた小鉢に、水滴がびっしりとついて曇っているのが「氷ぐもり」です。淡々とした描写ですが、気配りの届いた一品であることが窺《うかが》え、清冽《せいれつ》な磯の匂いが立ち上ってくるようです。

やはらかき宿の御飯や草干す夜　田中裕明《たなかひろあき》

「草干す夜」で、田舎の宿であることが暗示されています。「やはらかき宿の御飯」に、寛いだ気分がよく出ています。もう少し歯ごたえがあったほうが好みなのでしょうが、これはこれで旅情をかきたててくれるのです。

実《じつ》のあるカツサンドなり冬の雲　小川軽舟《おがわけいしゅう》

パンの間に、カツがぎっしりと詰まった、ジューシーな一品。「冬の雲」の取り合わせは、「分厚さ」という共通点からでしょう。因《ちな》みに、この作者には〈**死ぬときは箸《はし》置くやうに草の花**〉という代表句があります。食が、人生の暗喩《あんゆ》にもなっているのです。俳句の真骨頂と言うべきでしょう。

食べなくては生きていけないわれわれの宿《しゅく》業《ごう》を、突きつけられるからでしょうか、食を扱った句にはもっぱら、可笑《おか》しみと、うらはらの哀感が滲《にじ》むようです。

木《こ》の葉ふりやまずいそぐないそぐなよ

加藤楸邨《かとうしゅうそん》

Q1 冬には木々の葉が枯れ、落ちる現象が見られます。「木の葉降る」と「落ち葉」、ともに冬の季語ですが、木々から葉が落ちていく途中の現象を指すのはどちら?

Q2 この句は五七五のリズムをあえて乱しています。このような技法を、何というでしょう? 五文字で答えましょう。

Q3 「いそぐなよ」とは、誰に呼びかけているのでしょう?
○自然　○自分自身
○自然と自分との両方

Q4 この句から読み取れる感情は、どれでしょう?
○焦《あせ》り　○怒り　○悲しみ

Q5 作者の楸邨は、昭和十年代、石田波郷《いしだはきょう》や中村草田男《なかむらくさたお》とともに、新しい作風を担う俳人の一人に数えられました。彼らのことを何と呼ぶでしょう?
○生活探求派　○人間探求派
○内面探求派

Q1 冬には木々の葉が枯れ、落ちる現象が見られます。「木の葉降る」と「落ち葉」、ともに冬の季語ですが、木々から葉が落ちていく途中の現象を指すのはどちら?

正解は「**木の葉降る**」です。「木の葉降る」は、木からはらはらと木の葉が降ってくるさまを言います。これに対して「落ち葉」は、もう地上に落ちてしまった葉を指します。因《ちな》みに、「木の葉降る」は「木の葉舞ふ」「木の葉散る」などとも使います。「舞ふ」では優美に過ぎ、「散る」では儚《はかな》さが過剰になります。この句の場合は「降る」が的確。木々を下から仰いでいるイメージが浮かびますね。

Q2 この句は五七五のリズムをあえて乱しています。このような技法を、何というでしょう? 五文字で答えましょう。

正解は「**句またがり**」です。この句は韻律《いんりつ》の上では、

木の葉ふり／やまずいそぐな／いそぐなよ

と分けられますが、意味の上では、

木の葉ふりやまず／いそぐな／いそぐなよ

という分け方になります。このように、韻律と意味の流れの間にズレを生む技法が、句またがりです。あえて五七五の安定したリズムを崩すことによって、独自の韻律を作ることができます。たとえばよく知られた芭蕉《ばしょう》の〈**海くれて鴨《かも》のこゑほのかに白し**〉も句またが

りの句です。楸邨のこの句では、句またがりに加え、「いそぐないそぐなよ」と呼びかけの言葉を用いることによって、肉声に近い調子を出すのに成功しています。口に出して読むときにはあくまで「木の葉ふり／やまずいそぐな」と読むべきでしょう。そうでないと、作者が仕組んだズレを味わえません。

Q3 「いそぐなよ」とは、誰に呼びかけているのでしょう?

正解は「**自然と自分との両方**」です。次々に木の葉を降らせる木々に向かって、「そんなに急いで葉を落とすなよ」と言っているのです。それは同時に、自分へ向けられた言葉でもあります。「いそぐないそぐなよ」と「いそぐな」が二回繰り返されている間に、次第に作者の心の中で、呼びかけの対象が自然から自分自身へ移っていくさまが表現されています。楸邨は単なる写生を超えた「真実感合」を唱えました。ただ表面的にスケッチするのではなく、自分の内面がそこに反映されるまで対象に向き合う姿勢が「真実感合」です。

注目ポイント 芭蕉にも呼びかけ表現の作例は多く、芭蕉の俳句を研究した楸邨は、その影響を受けています。自然に呼びかけることは、自然と対話すること。仮に「木の葉ふりやまずいそぐがずいそぐがずに」と単純な写生表現に変えると、内向きな印象の句になってしまいますね。

Q4 この句から読み取れる感情は、どれでしょう?

正解は「**焦り**」です。「いそぐないそぐなよ」と念を押すように繰り返しているのは、つい心が逸《はや》ってしまう自分への戒めゆえ。楸邨がこの句を作ったのは、昭和二十三（一九四八）年、四十三歳の年。一月に山梨県の飯田蛇笏《いいだだこつ》の家を訪ね、帰宅した後で肋膜炎《ろくまくえん》を発症。一時は絶対安静に陥《おちい》りますが、やがて回復、しかし、また十一月になって悪化。以後数年を病臥《びょうが》することになります。これは悪化した頃の句で、病を早く治さなければと焦る気持ちが背景にあるのです。

Q5 作者の楸邨は、昭和十年代、石田波郷や中村草田男とともに、新しい作風を担う俳人の一人に数えられました。彼らのことを何と呼ぶでしょう?

正解は「**人間探求派**」です。昭和十年代の楸邨、草田男、波郷らによる作風のことで、人間を探求することと俳句そのものの探求とを同じと見なす考えです。きっかけは雑誌「俳句研究」の座談会での楸邨の発言で、この座談会に参加していたメンバーが、以降「人間探求派」と呼ばれました。この句も、病を得た自分を句に詠《よ》むことで、より深く自分の内面を掘り下げています。

まとめましょう 句またがりの技法を用いることで、作者の生の声を俳句で再現した一句です。愛誦性《あいしょう》に富んだ句で、心逸るときに口ずさむと、きっと気持ちが落ち着くでしょう。

注目ポイント　対象を絞る

大《おお》樗《ほた》をかへせば裏は一面火

高《たか》野《の》素《す》十《じゅう》

Q1 この句の季語を抜き出しましょう。

Q2 「かへす」の動詞の意味として、ここでもっとも適当なのはどれでしょう?

○人に渡す
○灰と帰《き》す
○裏返す

Q3 「かへせば」の「かへせ」は、動詞「かへす」の活用形の一つ。どの活用形でしょう?

○未然形　○連用形　○已《い》然《ぜん》形

Q4 「一面火」のように、動詞や助詞を取り除いて簡潔な言い方をすることを、何というでしょう? 漢字二文字で答えましょう。

Q5 素十のように細かいものを描き出す作風のことを、批判的に何というでしょう?

○草の根俳句
○草の芽俳句
○草の実俳句

Q1 この句の季語を抜き出しましょう。

正解は「**榾（大榾）**」です。榾は囲炉裏《いろり》の燃料として用いる木の枝や幹、乾燥させた木の根株のこと。季節は冬で、農家の夜を思わせる季語です。この句では「大榾」となっていますから、大きめの木の切れ端で、火が全体に行きわたるまでに時間がかかっているのでしょう。

Q2 「かへす」の動詞の意味として、ここでもっとも適当なのはどれでしょう？

正解は「**裏返す**」です。古語では「返す」だけで「ひっくり返す」とか「裏返す」を意味します。

Q3 「かへせば」の「かへせ」は、動詞「かへす」の活用形の一つ。どの活用形でしょう？

正解は「**已然形**」です。「かへす」は四段活用の動詞。問題の選択肢にある活用形はそれぞれ「かへさ」（未然形）、「かへし」（連用形）、「かへせ」（已然形）になります。接続助詞の「ば」は未然形と已然形のどちらに付くかで意味が変わります。未然形に付く場合には「かへさば」となり「もし裏返したら」（仮定条件）の意味です。ここでは「かへせば」と已然形に付いているので「裏返してみると」（確定条件）の意味で、すでに裏返していることが条件になっています。

Q4 「一面火」のように、動詞や助詞を取り除いて簡潔な言い方をすることを、何というでしょ

う？ 漢字二文字で答えましょう。

正解は「**省略**」です。十七音しかない俳句では大胆な語の省略をする必要があります。省略をすることは、音数の節約になるというだけでなく、韻文《いんぶん》ならではの表現効果をもたらします。たとえばこの句の「一面火」は、散文に直すと「一面すべてが火に覆われている」となりますが、言葉を費やすよりも端的に「一面火」と言った方が、表現としての迫力が出てきます。

逆に「大榾をかへせば裏は」のフレーズは丁寧に述べています。意味の上では、「かへせば」と言えば「裏は」は必要ないので、省略することもできるのに、あえてたっぷり述べている点に注目してください。そのことで「一面火」という省略の表現が際立つのです。ちゃんと火がついているだろうかと気になってひっくり返した榾の裏面が、一面真っ赤に燃えていた。それを目にしたときのハッとした驚きが伝わってきます。上五中七《かみごなかしち》は緩慢《かんまん》に、下五《しもご》は性急に、といったように、この句は緩急の言葉の流れがたいへん巧みに配慮されているのです。

注目ポイント 十七音しかない俳句では、たくさんのことを詰め込んでしまうと、結局何を伝えたかったのか、分からなくなってしまいます。対象を一つに絞り、その背景に何があるのかは、読者に委ねて自由に想像してもらうというぐらいが、ちょうどよいのです。

Q5 素十のように細かいものを描き出す作風のことを、批判的に何というでしょう?

正解は「**草の芽俳句**」です。素十は師・高浜虚子《たかはまきょし》の唱える「客観写生」に忠実な作句をしていました。これに飽き足りない同門の水原秋櫻子《みずはらしゅうおうし》は、素十の〈**甘草《かんぞう》の芽のとびとびのひとならび**〉等の句を挙げて「草の芽俳句」と批判的に評したのです。

しかし、些末《さまつ》であることはマイナス点であると、本当にいえるのでしょうか。素十は省略の作家です。言葉の上でも省略を効かせていますが、題材の取捨選択の上でも、極限まで絞りこんでいます。省略は余白を生みます。一点に絞ることで、逆にその背景に無限の広がりが感じられるのです。

「大榾」の句も、榾の裏面が火で覆われていたのを見た小さな驚きを起点として、囲炉裏を囲んだ冬の夜の農家の静けさが、背景にありありと感じられてくるでしょう。

まとめましょう 冬の夜、燃えているか確かめるため大きな榾を裏返してみると、すでに裏面は一面火に覆われていた、という句です。言葉の省略を効かせ、深い静けさを湛《たた》えた余情のある句です。

注目ポイント 切字と感動

降る雪や明治は遠くなりけり

中村草田男《なかむらくさたお》

Q1 この句の季語は「降る雪」。では、雪の粒の感じがより強調されるのは、「雪降る」と「降る雪」、どちらの表現でしょうか?

Q2 この句の切字《きれじ》を、あるだけ抜き出してください。

Q3 この句の作られる前に、上五《かみご》だけが違う句が発表されていたことが知られています。先行する句と表現や発想が似ていることを指摘するために使う「○句」という言い方があります。漢字で答えましょう。

Q4 この句が作られたのは、いつ頃でしょう?
○大正の終わり頃
○昭和のはじめ
○昭和の半ば

Q5 この句に詠《うた》われた感情として、ふさわしくないものを選びましょう。
○過ぎ去った昔をなつかしむ気持ち
○今ここにいる自分の存在が薄れていく気持ち
○古い時代と決別して未来に向かう気持ち

Q1 この句の季語は「降る雪」。では、雪の粒の感じがより強調されるのは、「雪降る」と「降る雪」、どちらの表現でしょうか？

正解は「**降る雪**」です。「雪降る」では「降る」の動きの方が強調されますが、「降る雪」では物体としての「雪」の粒がクローズアップされます。中七下五《なかしちしもご》の「明治は遠くなりにけり」の抽象性を、上五の「降る雪や」の具象性が支えているのです。

Q2 この句の切字を、あるだけ抜き出してください。

正解は「**や**」「**けり**」です。この句には切字が二つ使われています。「や」「けり」は強い詠嘆を表すので、二つ使うことは避けるのが原則です。草田男の句は、過ぎ去った明治という時代を思い、伝統的な無常観にも通じるような、大きな感動を詠っています。この感動を伝えるために「や」「けり」の併用が必要だったのです。自解によれば、はじめは「雪は降り明治は遠くなりにけり」だったのを、推敲《すいこう》して今の形にしたとのこと。作者は表現の効果を確信して、あえて切字を二つ使ったのです。

注目ポイント　俳句においては、調べと内容は密接に関係があります。「や」「けり」の併用が感動を表すのは、調べに高揚感を生み出して、それが作者の気持ちを代弁するためです。言葉の意味を追うだけでは、俳句を味わったことにならないのですね。

Q3 この句の作られる前に、上五だけが違う句が発表されていたことが知られています。先

行する句と表現や発想が似ていることを指摘するために使う「〇句」という言い方がありま す。漢字で答えましょう。

正解は「**類句**」です。たった十七音の俳句では、しばしば表現が先行する句に似ていたということが起こります。草田男の句についても別人の〈**獺祭忌《だっさいき》明治は遠くなりにけり**〉という句がすでにあり、類句ではないかという指摘を受けたことがありました。確かに「明治は遠くなりにけり」というフレーズ自体は、誰もが抱きそうな感慨です。ただ、「獺祭忌」とするか「降る雪や」とするかには、月とスッポンの違いがあります。正岡子規《まさおかしき》の忌日である「獺祭忌」を付けて、子規の生きた明治が遠くなったというのでは、単に子規を偲《しの》んだという句に過ぎません。誰にでも分け隔てなく降る「雪」は、自分だけではなく誰しもそうした思いを抱いていることを暗示し、普遍的で愛誦《あいしょう》しやすい句になっています。中島みゆきの『時代』という曲の歌詞も思い出されませんか。

Q4 この句が作られたのは、いつ頃でしょう?

正解は「**昭和のはじめ**」です。昭和六(一九三一)年発表の作で、草田男は三十歳頃。ふと母校の小学校を訪れた際、雪の中、金ボタンの黒外套《がいとう》を着た子供たちが校門から飛び出してくるのを見て、自分が黒絣《くろがすり》の着物で通っていた約二十年前を思い、この句が生まれるきっかけになったといいます。

「明治は遠くなりにけり」は、現代の私たちが「昭和は遠くなりにけり」と言い替えてもよさそうな、使い勝手の良いフレーズです。とは言え、このフレーズは昭和の初頭における青年・草田男の実感でもあり、やはり「明治」は動かせません。明治の次の大正は、たった十五年で終わり、昭和が始まります。二十年の間に、明治、大正、昭和と慌《あわ》ただしく年号が移り変わったからこその、「明治は遠くなりにけり」の感慨なのです。

Q5 この句に詠われた感情として、ふさわしくないものを選びましょう。

正解は「**古い時代と決別して未来に向かう気持ち**」です。前向きな句というよりも、古き時代を懐かしみ、今を生きている実感が薄れていく感覚を表現した、感傷的で甘やかな句といえるでしょう。

まとめましょう 降る雪によって誘われた、明治が遠く過ぎ去ってしまったという感動の大きさを、切字をあえて二つ用いて詠いあげました。青年らしい感傷的な句ながら、日本人の伝統的な無常観すら思わせる、普遍性を獲得しています。

注目ポイント
一語の重み

蝶《ちょう》墜《お》ちて大音響の結氷期《けっぴょうき》

富澤赤黄男《とみざわかきお》

Q1
五感のうち、この句においてもっとも強く働きかけてくるのは、何でしょう?

Q2
この句と共通する表現効果を狙った句を、次の芭蕉《ばしょう》の三句から選びましょう。
○五月雨《さみだれ》をあつめて早し最上川《もがみがわ》
○閑《しず》かさや岩にしみ入る蟬《せみ》の声
○荒海《あらうみ》や佐渡によこたふ天河《あまのがは》

Q3
この句において、特に工夫されている漢字の使い方があります。その一字を句から抜き出しましょう。

Q4
この句から強く感じられるのは、生と死、どちらのイメージでしょう?

Q5
作者の富澤赤黄男は、昭和初期のある俳句運動に関わった作者でした。高浜虚子《たかはまきょし》の「ホトトギス」に対抗するこの運動を○○俳句運動と言います。○○に入る言葉を答えましょう。

Q1 五感のうち、この句においてもっとも強く働きかけてくるのは、何でしょう?

正解は「**聴覚**」です。「大音響」というところから、この句は音がテーマであることがわかりますね。ポイントは、蝶が落ちたような、ほんのわずかな音を「大音響」と表現しているところです。

Q2 この句と共通する表現効果を狙った句を、次の芭蕉の三句から選びましょう。

正解は「**閑かさや岩にしみ入る蟬の声**」です。芭蕉の句は、蟬の声がすることによってあたりの静かさがより深まったという句です。赤黄男の句は、蝶が落ちたかすかな音が「大音響」となってしまうことで「結氷期」の底知れない静かさに気づいたという句です。まったく違う時代の二つの句の間には、通い合うものがあります。

音によってかえって静かさに気づかされるという発想自体は「蟬噪《さわ》ぎて　林逾《いよいよ》静かに　鳥鳴きて　山更に幽《ゆう》なり」（中国南北朝時代の詩人・王籍《おうせき》）など、漢詩にもあります。赤黄男の句は、そうした発想を現実の枠組みを超えて誇張したところが新しかったのです。蝶が落ちた音ですら大きく轟《とどろ》いてしまうような、氷の世界の限りない静寂が、この句からは感じ取れます。作者の孤独な心象風景とも読めるでしょう。

Q3 この句において、特に工夫されている漢字の使い方があります。その一字を句から抜き出しましょう。

正解は「墜」です。「蝶落ちて」と書くのが一般的でしょう。「蝶墜ちて」の「墜」からは「墜落《ついらく》」や「失墜《しっつい》」の言葉も思い出され、痛ましさが強調されます。

赤黄男は短い言葉で俳句の本質を捉《とら》えるのが得意でした。たとえば「蝶はまさに〈蝶〉であるが、〈その蝶〉ではない」(「クロノスの舌」)。現実の蝶と言葉の蝶は同じではありません。よく写生しなさいと言われますが、現実そのままでは詩にはならないのです。俳句は言葉で成り立っている詩です。氷の世界にいるはずもない「蝶」も、詩の世界においては、蝶としてあることができます。言葉によって独立した詩の世界を作り出そうとした赤黄男の、言葉への強い思い入れが「墜」の一字にも窺《うかが》えます。

注目ポイント 赤黄男の句は初案では「蝶絶えて大音響の結氷期」でした。「蝶絶えて」では捉《とら》え方が雑ですが、「蝶墜ちて」とすることで、一頭の蝶が突如力を失って落ちるイメージが、より鮮明になりました。俳句では、たった一語の違いによって、趣が大きく変化します。赤黄男の推敲《すいこう》への情熱に、見習いたいものです。

Q4 この句から強く感じられるのは、生と死、どちらのイメージでしょう?

正解は「**死**」です。蝶が地に落ちるというイメージ、そして生き物の営みを閉ざしてしまう「結氷期」、どちらも強く死を匂わせますね。初案は上五《かみご》が「蝶絶えて」ですが、「絶えて」よりも「墜ちて」と蝶の落下のイメージを示した方が、ずっと死の生々しさが伝わります。

「僕は、現実を一度ばらばらに壊して、新たな、僕の現実を創《つく》らうとする。（中略）この意味で、確《たしか》に僕はリアリストである」（「雄鶏日記」）と述べています。この句は超現実的な一句ですが、単なる絵空事ではありません。死の重みの現実を、確かに捉えているのです。

Q5 作者の富澤赤黄男は、昭和初期のある俳句運動に関わった作者でした。高浜虚子の「ホトトギス」に対抗するこの運動を○○俳句運動と言います。○○に入る言葉を答えましょう。

正解は「**新興**」俳句運動です。昭和六（一九三一）年から約十年にわたる運動で、赤黄男はその後期において、戦地の現状を無季俳句に詠《よ》むなどして活躍しました。伝統的な俳句を壊そうとする彼らの運動はやがて当局の弾圧を受けて終息しますが、「蝶墜ちて」の句は、現代詩としての俳句を打ち立てた新興俳句の傑作の一つです。

まとめましょう 氷に閉ざされた世界で、一頭の蝶が力尽きて地に落ちる。そのとき大気に巨大な音が響き渡ったように感じた。そんな超現実の世界観を、俳句という伝統的な詩型で表現した斬新《ざんしん》さは、今読み直しても変わることはありません。

賀状うづたかしかのひとよりは来ず

桂《かつら》 信子《のぶこ》

Q1 この句の季語は、新年の季語である「賀状」。新年詠に求められるのは次のうちどれでしょう？ もっとも適当なものを選びましょう。

○美しさ　○めでたさ
○新しさ

Q2 「かの人」とは、ここでは誰をさすでしょう？ 適当なものを選びましょう。

○遠くにいる友人
○思い人
○過去にお世話になった人

Q3 この句には誇張した表現が用いられていますが、それはどこでしょう？ 句の言葉から選びましょう。

Q4 この句に用いられている韻律《いんりつ》上の技法は、どれでしょう？

○字余り　○字足らず
○句またがり

Q5 この句の調べの特徴を、次の二つから選びましょう。

○硬質
○柔和

Q1 この句の季語は、新年の季語である「賀状」。新年詠に求められるのは次のうちどれでしょう？ もっとも適当なものを選びましょう。

正解は「**めでたさ**」です。賀状は新年の季語で、めでたい気持ちを前提にしています。賀状を「書く」とか「送る」とか「もらう」とか、ありがちな切り口ではなく、賀状を積みあげたときの厚みを詠《よ》んでいるという点は、着目されます。

Q2 「かの人」とは、ここでは誰をさすでしょう？ 適当なものを選びましょう。

正解は「**思い人**」です。「かの人」は漠然としているようですが、古語においては恋の思いを寄せる人の意味になります。仕事関連や友人関連などから、賀状がたくさん届き、それはそれで嬉《うれ》しいのだけれど、片恋の相手からの一枚は届かなくて、落胆しているのです。めでたい新春詠に愁《うれ》いを詠むのは反則かもしれませんが、それが恋にまつわる愁いであるということから、かえって華やぎが加わったというべきでしょう。

注目ポイント 新春詠といっても、めでたさ一辺倒では面白くありませんね。「賀状」といえば、もらって嬉しいものと決まっていますが、信子の句では、その嬉しさ、めでたさの中の、一点の翳《かげ》りを見せていることで、ありきたりの新春詠を脱しているのです。

Q3 この句には誇張した表現が用いられていますが、それはどこでしょう？ 句の言葉から選びましょう。

正解は「**うづたかし**」です。堆《うずたか》いという形容は、たとえば「本が堆く積まれる」などとは使いますが、薄い葉書を重ねたものに使うのには、誇張が入っています。年賀状がそれほどたくさん来たのだということを示し、それでも中に期待していた一枚がなかったという展開への飛躍を大きくしています。

Q4 この句に用いられている韻律上の技法は、どれでしょう?

正解は「**句またがり**」です。句またがりとは、五七五のリズムの切れと、言葉の意味の切れとを、あえてずらしていることをいいます。ずれているところに読者の意識が集中するので、とくに目立たせたい言葉があるときに効果的です。この句の場合は、「うづたかし」の言葉で句またがりをしています。前で述べているように、積み上げられた年賀状の嵩《かさ》は「うづたかし」の形容で誇張されています。その部分をより読者に意識させるために、ここで句またがりをしているのです。

Q5 この句の調べの特徴を、次の二つから選びましょう。

正解は「**硬質**」です。和歌や短歌の流れるような調べとは異なり、この句は硬質で強靱《きょうじん》な調べを持っています。一句の前半部分の句またがりもそうですが、後半部分では「ウヅタカシ」「カノ」「コズ」と、硬質なカ行の音が繰り返されます。「来ず」の否定形による締めくくりも、鋭く響きますね。この力強い音調のために、がっかりしているだけではなく、みずからを奮い立たせようとしていることもうかがえます。
作者の桂信子は、女性の身体や恋情を赤裸々に詠んだ句が話題となり、戦後の女性作家の代表として活躍しました。以下は、信子の初期の代表句です。

ゆるやかに着てひとと逢《あ》ふ螢《ほたる》の夜
窓の雪女体にて湯をあふれしむ

和歌や連歌《れんが》では、恋は主要なテーマですが、〝情〟よりも〝景〟を重んじる俳句では、恋を詠《うた》うのは不向きとされてきました。しかし、歯切れの良い調べに配慮することで、信子は、恋というムードに流されない主題を、あざやかに俳句にしたのです。
もう一つ、具象的であるということも、この句を甘さから救っている理由の一つ。積み上がった年賀状という、誰しも思い浮かべられる、確かなモノを提示しています。感情を詠うはずの恋の歌に、モノである年賀状の山が登場するところに、意外性がありますね。

まとめましょう こんなにも年賀状が来たのに、ひそかに思っている人からの一枚が来ないことへの失望と落胆を詠っています。和歌や短歌で詠まれる恋愛感情は、直情的なものが多いです。一方、信子の俳句では、片恋の苦しさを生むきっかけになっているのが、即物的で通俗的な年賀状の束だという点に、どこかユーモアもあります。

注目ポイント

読者に考えさせる

羽子板の重きが嬉《うれ》し突《つ》かで立つ

長谷川《はせがわ》かな女《じょ》

Q1 この句の主人公はどういう人物と想像されるでしょうか？

○少女　○年頃の娘　○媼《おうな》

Q2 「重き」のあとに省略されている言葉は何でしょう？　ひらがな二文字で答えましょう。

Q3 この句には、一般には使わない方が良いとされている表現が、あえて用いられています。それはどれでしょう？

○感情表現　○時間表現

○色彩表現

Q4 句の中の切れはどこにあるでしょう？　切れている部分の言葉を、抜き出しましょう。

Q5 「突かで立つ」の意味を、次から選びましょう。

○突こうとして立っている

○突かないで立っている

○突き終えて立っている

Q1 この句の主人公はどういう人物と想像されるでしょうか?

正解は「**少女**」です。羽子《はね》突きは、おなじみのお正月の女性の遊び。この句では羽子板を「重き」と感じているので、年端もいかない少女と考えるのが自然でしょう。押絵《おしえ》付の羽子板なのでしょうね。

Q2 「重き」のあとに省略されている言葉は何でしょう? ひらがな二文字で答えましょう。

正解は「**こと**」です。「羽子板の重き(こと)が嬉し」と言うべきところを、(こと)の部分は省略されています。言わないでも通じる場合には、言葉を省略した方が引き締まった句になります。

Q3 この句には、一般には使わない方が良いとされている表現が、あえて用いられています。それはどれでしょう?

正解は「**感情表現**」です。俳句の決まり事として、嬉しいとか悲しいといった感情表現は使わない方が良いと言われます。ところが、この句では「嬉し」と、あらわな感情を表しているのが目をひきます。

感情表現がよくないのは、梅雨《つゆ》の晴れ間が嬉しいとか、秋風に吹かれたらさびしいとかいったように、当たり前の感想になってしまいがちだから。意外性があれば、感情表現がむしろ有効な時もあります。

注目ポイント　かな女の句の場合、「羽子板が重い」ということは、扱いにくいものを持たされているわけですから、ふつうに考えれば、あまり嬉しくないことです。子供だったら、放りだしてしまうかもしれません。でも、この句の主人公である少女は、むしろ「嬉し」と喜んでいます。その意外性が、少女はどうして「嬉し」と感じているのだろうと読者に考えさせ、一句への関心をグッと高めているのです。

Q4　句の中の切れはどこにあるでしょう？　切れている部分の言葉を、抜き出しましょう。

正解は「**嬉し**」です。終止形によっていったん句が切れることによって、前で解説した謎《なぞ》――「なぜ、この子は羽子板の重さが嬉しいのだろう？」――に対して、たとえるならクイズの〝解答タイム〟を作っているのです。

では、答えを考えてみましょう。羽子板を重いと感じるほどの少女ですから、この子は本当に幼くて、押絵の羽子板をはじめて持ったのでしょう。すると、それで遊ぶということよりも、持っているということそのものが嬉しくなってきたというのも、納得がいきますね。

Q5　「突かで立つ」の意味を、次から選びましょう。

正解は「**突かないで立っている**」です。「突かで」とは、「突く」という動詞に、打消しの接続助詞「で」が付いた語形です。華やかな押絵の羽子板の重さそのものが嬉しいという、ういういしい少女の様子が、上五中七《かみごなかしち》で書かれています。そして、下五《しもご》の「突かで立つ」の描写によって、さらに説得力が生まれているのです。羽子板の重さを感じているだけでこの少女は満足している、その証拠に、ほら、羽子突きをしようとしないでただ立っているよ——と、読者の腑《ふ》に落ちるように、念を押しているのです。

かな女は、「ホトトギス」を主宰する高浜虚子《たかはまきょし》の牽引《けんいん》によって増えた、女性俳人の第一人者です。とくにこの句は、女性らしい「羽子板」という題材を詠《よ》んでいること、そして子供の様子がいきいきと捉《とら》えられていることをもって、かな女自身の代表句であることはもちろん、近代の女性俳句を代表する一句として伝えられてきました。

まとめましょう まだ幼い女の子が、立派な押絵の羽子板を持たされて、それだけで満足しているという句です。子供というものは、新しいおもちゃを買ってあげると、すぐに使わないで、まず抱きしめてみたり、触ったりしてみますよね。子供の純真さを微笑《ほほえ》ましく思う気持ちが、そのまま新しい年を寿《ことほ》ぐ気持ちにつながっています。

俳句の論争

達人になればなるほど、独自の俳句観を持つようになり、それが他の人と違うと、論争に発展することもあります。ただの喧嘩《けんか》は無益ですが、「俳句とは何か」といった本質的問題や、「この句のどこがよいのか」といった一句の解釈をめぐる問題を真剣に議論し合うことは、俳句についての考えを深めるのに、有益です。

取り合わせか、一物仕《いちぶつじ》立《た》てか

芭蕉《ばしょう》は弟子の森川許六《もりかわきょりく》に対して、季語に別の素材を合わせる「取り合わせ」による句作りを勧めています。一方で、向井去来《むかいきょらい》や浜田《はまだ》酒堂《しゃどう》といった別の弟子に対しては、季語そのものを詠《よ》む「一物仕立て」の句作りを良しとしています。これをめぐって去来と許六は意見が対立し、後代の俳人や研究者によって、芭蕉の真意はどこにあるのか論じられました。これはいわゆる「対機説法《たいきせっぽう》」（弟子に合わせて教え方を変える）で、その真意は、取り合わせてかつ、全体としては「こがねを打ちのべたる」ような統一感のある、意外性と共感性を両立した句作にあったと考えられます。

夕顔論争

正岡子規《まさおかしき》と高浜虚子《たかはまきょし》との間に起こった論争

です。上野の道灌山《どうかんやま》で、子規から後継者になるように言われた虚子は、これを拒みます。その際、眼の前に咲いていた夕顔の花を見ながら交わされた会話は、二人の俳句観の違いをよく表しています。子規は夕顔の純粋な写生を強調するのですが、虚子は、「夕顔」という言葉の背景にある『源氏物語』等の古典的な連想を排除はできない、としたのです。今から見ると子規の考え方は急進的で、虚子の言うように、短い俳句では季語の連想力を生かした方が有効でしょう。季語には現実的側面と空想的側面があるという考え方を示した点で、重要な論争だったといえます。

第二芸術論

フランス文学者の桑原武夫《くわばらたけお》が昭和二十一年十一月に発表した評論「第二芸術」と、それに対する反論です。

桑原は、大家の作と無名の作者をまじえた十五作品を並べて、名前を伏せればどれが大家の作かわからない、これは他の芸術ではあり得ないとしました。そして、戦後の人間の複雑な思想や感情を盛り込むには、俳句という十七音では短すぎるとし、これからは第二芸術として特定の人達だけが楽しむべきで、教育現場など公の場には持ち込まないように提案します。山口誓子《やまぐちせいし》、中村草田男《なかむらくさたお》、日野草城《ひのそうじょう》、西東三鬼《さいとうさんき》、加藤楸邨《かとうしゅうそん》らはこれに反発、桑原と論のやりとりをしたり、反論を発表したりします。結果として、社会性俳句運動が起こるなど、戦後俳句の多様化につながる建設的な面もありました。

注目ポイント 無内容の美

一月の川一月の谷の中

飯田龍太《いいだりゅうた》

Q1 龍太は、自身の郷里（甲斐《かい》の山河）をテーマにした句を多く詠《よ》んでいます。このような俳句を一般に何というでしょう？

○風土俳句　○故郷俳句
○山水俳句

Q2 この句に用いられている技法は？

○オノマトペ　○同語反復　○比喩《ひゆ》

Q3 一般の文章ではよく使われる品詞が、この句には一切使われていません。その品詞を二つ、次から選びましょう。

○名詞　○動詞　○形容詞

Q4 この句の真価は、「形式」と「内容」、どちらにあるでしょう？

Q5 評論家の山本健吉《やまもとけんきち》が、賛否両論あるという点で、この句と似ていると指摘している高浜虚子《たかはまきょし》の句があります。それは次のうちどれでしょう？

○遠山に日の当りたる枯野かな
○白牡丹《はくぼたん》といふといへども紅《こう》ほのか
○箒木《ははきぎ》に影といふものありにけり

Q1 龍太は、自身の郷里（甲斐の山河）をテーマにした句を多く詠んでいます。このような俳句を一般に何というでしょう?

正解は「**風土俳句**」です。作者の龍太は、山梨県の境川村《さかいがわむら》に、飯田蛇笏《いいだだこつ》の四男として生まれました。東京の大学に学んでいましたが、兄たちが次々に戦争や病気が原因で亡くなり、家を継ぐために郷里に戻ってきて以来、甲斐の山河を詠みつづけました。この「一月」の句のモデルも、自分の生まれ育った家（蛇笏・龍太は「山廬《さんろ》」と呼んでいました）の裏手にある「狐川《きつねがわ》」という名の川だったそうです。

実際に狐川を訪れてみますと、とても谷川といった雰囲気《ふんいき》ではなく、丘の裾《すそ》を流れる小川といった風情です。龍太は「幼時から馴染んだ川に対して、自分の力量をこえた何かが宿し得たように直感した」とこの句を自解しています。この「何か」について、今回は考えてみましょう。

Q2 この句に用いられている技法は?

正解は「**同語反復**」です。「一月」の季語が反復されていますね。「の川」「の谷」の言い方も、反復的です。このような同語反復が、龍太にはとても多いことを、筑紫磐井《つくしばんせい》が指摘しています（『飯田龍太の彼方へ』）。さらに「〜の中」という言い回しも頻繁《ひんぱん》に使っています。つまりこの句は、何が述べられているか（内容）よりも、どう述べているか（形式）という点に工夫があるのです。

Q3 一般の文章ではよく使われる品詞が、この句には一切使われていません。その品詞を二つ、次から選びましょう。

正解は「**動詞**」と「**形容詞**」です。この句は名詞と助詞だけで出来ていて、動詞や形容詞が一切用いられていない、きわめてシンプルな句です。単純で簡潔な形式からは、何かを伝えたい、表現したいという作者の欲求を、ほとんど感じさせません。

一年の始まりの月が「一月」です。ただ、「正月」や「睦月《むつき》」といった味のある呼び方に比べて、数字を使った「一月」はそっけなく、あまりめでたい感じがしません。作者自身、「一月」について「言葉に情緒の湿りがない」と解説しています。加えて、谷の中に川があるというのも当たり前で、あまりに意味がありません。

情緒や意味がないとはいっても、やはりこの句の魅力には、春がはじまる前の荒涼感や空虚感、あるいは日本の典型的な山河への思いが関わっていることも確かでしょう。ただ、そういった情緒や意味を限りなくゼロにまで近づけています。そのことで形式そのものを際立たせているのです。

注目ポイント 言葉は意味の伝達手段です。そして、俳句も言葉でできている以上、意味を完全に排除することはできません。ただ、俳句では、意味だけではなく、言葉の質感や、音楽的側面などが、通常の文章（散文）よりも重んじられる傾向があります。

Q4 この句の真価は、「形式」と「内容」、どちらにあるでしょう？

正解は「**形式**」です。龍太に宿った「何か」とは、一言でいえば、形式の力でしょう。意味の世界で生きている私たちにとって、ほぼ形式だけで成り立っているこの句の存在は驚きをもたらし、俳句とは何かについて考えさせます。それこそがこの句の魅力といえるでしょう。

Q5 評論家の山本健吉が、賛否両論あるという点で、この句と似ていると指摘している高浜虚子の句があります。それは次のうちどれでしょう？

正解は「**箒木に影といふものありにけり**」です。虚子のこの句も、箒木に影があるという当たり前のことを言っているだけで、ほとんど無内容です（この句の内容の読みどころについては、70〜73ページ参照）。無内容、無意味でも、述べ方の工夫だけで作品が成り立つという俳句の言葉の特殊性を浮き彫りにしている点で、両句は共通しています。

まとめましょう まるで積み木を組み立てるように、無機質に言葉を並べたことで、意味や情緒から遠い、俳句の言葉の特殊性を明らかにした一句です。枯れ果てた山河の様子は、物を述べない俳句という文芸の、究極の姿を思わせます。

注目ポイント
高難度の技・比喩

一枚の餅《もち》のごとくに雪残る

川端茅舎《かわばたぼうしゃ》

Q1 この句の季語を抜き出しましょう。

Q2 この句には比喩《ひゆ》が用いられています。比喩は「直喩《ちょくゆ》」と「隠喩《いんゆ》」に分けられますが、使われているのはどちらでしょう?

Q3 この句と同じ種類の比喩が使われている茅舎の句を、次から選びましょう。
○舷《ふなばた》のごとくに濡《ぬ》れし芭蕉《ばしょう》かな
○金剛《こんごう》の露《つゆ》ひとつぶや石の上
○花杏受胎告知《はなあんずじゅたいこくち》の翅音《はおと》びび

Q4 作者の茅舎は絵の道を志したこともありました。茅舎が師事した画家は、誰でしょう?
○黒田清輝《くろだせいき》
○岸田劉生《きしだりゅうせい》
○木村荘八《きむらしょうはち》

Q5 茅舎の俳句の師・高浜虚子《たかはまきょし》は彼の句集に、たった一行だけの序文を寄せました。茅舎という俳人を一言で言い表したその言葉とは、次のうちどれでしょう?
○花鳥諷詠《かちょうふうえい》茅舎居士
○花鳥諷詠求道者
○花鳥諷詠真骨頂漢《しんこっちょうかん》

Q1 この句の季語を抜き出しましょう。

正解は「**雪残る**」です。春先、雪解けが始まりながらも、日陰にまだ残っている雪のことを言います。「餅」は冬の季語ですが、ここでは「ごとく」とあるとおりあくまで比喩であり実体ではないので、季語としての働きは弱いといえるでしょう。

Q2 この句には比喩が用いられています。比喩は「直喩」と「隠喩」に分けられますが、使われているのはどちらでしょう?

正解は「**直喩**」です。「ごとく」や「ように」などの、比喩であることを表す言葉が直接的に示されている場合が直喩。こうした言葉がない場合は隠喩です。

Q3 この句と同じ種類の比喩が使われている茅舎の句を、次から選びましょう。

正解は「**舷のごとくに濡れし芭蕉かな**」です。この句には「ごとく」が入っていますから、「雪残る」の句と同じ直喩なのです。他の二句は露をダイヤモンド(金剛)にたとえ、虫の翅音を受胎告知にたとえていますが、「ごとく」や「ように」という言葉を使っていません。したがって、この二句は隠喩ということになります。

茅舎は比喩表現の名手です。魅力的な比喩には、意外性と共感性、その両方が求められます。今回取り上げた句の場合、「一枚の餅」、すなわち搗《つ》きたての敷き延べられた餅に、日陰に解け残った雪の塊《かたまり》がたとえられています。ほかほかと湯気をあげている餅と、冷たく解け残った雪の塊とは、印象の上で対照的といえるでしょう。その二つが「ごとく」で結び合わされていることに驚かされます。とはいえ、餅の白さは確かに雪の白さに似ていると、納得もできますね。泥で汚れていない、美しい残雪が目に浮かびます。この比喩のポイントは、正月が終わったあとの早春で、餅のイメージが頭にくっきり残っている頃であるという点です。だからこそ、餅と雪とがすんなりと頭の中で結びつくのです。意外な喩えに驚かされながら、「言われてみれば似ているなあ」と、最終的にはすとんと胸に落ちる、見事な比喩表現です。

比喩はありきたりにならないように注意が必要です。たとえば「紅葉《もみじ》のような手」「真《ま》綿《わた》のような雪」などの誰もが思いつく安易な発想に依ることなく、自分だけの比喩表現を見つけたいものです。

注目ポイント 比喩は、基本的なレトリックですが、実は俳句においてはとても難しい技法であると、私は考えています。フィギュアスケートでたとえるなら、トリプルアクセル並の難易度です。短い俳句では、比喩を使うと、その新鮮さの一点のみで、良しあしが決定されます。比喩は、俳句の言葉に慣れてきてから使うのが良いでしょう。

Q4 作者の茅舎は絵の道を志したこともありました。茅舎が師事した画家は、誰でしょう?

正解は「**岸田劉生**」です。茅舎は少年期から俳句とともに絵を学んでいました。写実的絵画で名高い岸田劉生に師事しますが、病弱だったため、作句に専念するようになったのです。茅舎の見事な比喩表現は、画家を目指した経験に基づく、観察眼の鋭さに由来しているのです。

Q5 茅舎の俳句の師・高浜虚子は彼の句集に、たった一行だけの序文を寄せました。茅舎という俳人を一言で言い表したその言葉とは、次のうちどれでしょう?

正解は「**花鳥諷詠真骨頂漢**」です。画家の道を断念して以降、高浜虚子のもとで句を磨いた茅舎は、やがて「ホトトギス」の黄金期の一翼を担う俳人となります。そんな茅舎に師の虚子が贈ったのが、「花鳥諷詠真骨頂漢」の名でした。茅舎は自然をよく観察して、素朴な味わいの句を作りました。オノマトペや比喩など、子供の使うような表現方法をあえて多用した茅舎の句の世界は、宗教的な雰囲気《ふんいき》すら漂うために、「茅舎浄土」と呼ばれます。

まとめましょう 搗きたての餅が延べられているようだと、直喩によって残雪の汚れのない白さを言い当てました。残雪の印象ばかりか早春のよろこびまで感じさせる、絶妙な比喩表現の一句です。

注目ポイント
作者にとっての真実

梅咲いて庭中に青鮫《あおざめ》が来ている

金子兜太《かねことうた》

Q1 この句の季語はどれでしょう？　抜き出しましょう。

Q2 この句に詠《よ》まれているのは、現実的な景色でしょうか、それとも空想的な景色でしょうか？

○現実的な景色
○空想的な景色

Q3 「青鮫」の「青」の字から受ける印象は、次のうちどれでしょう？

○暖かさ　○冷たさ
○楽しさ

Q4 句に臨場感を生んでいる表現があります。抜き出しましょう。

Q5 この句には、韻律《いんりつ》の上で、どのような特徴があるでしょう？　ふさわしいものを次から二つ選びましょう。

○字足らず
○字余り
○句またがり
○頭韻

Q1 この句の季語はどれでしょう? 抜き出しましょう。

正解は「**梅**（梅咲いて）」です。早春の代表的な季語で、古代から歌人たちはその芳《かぐわ》しい香りを愛《め》でてきました。「鮫」を冬の季語とする歳時記もありますが、ここでの鮫は季語と見なす必要はありません。

Q2 この句に詠まれているのは、現実的な景色でしょうか、それとも空想的な景色でしょうか?

正解は「**空想的な景色**」です。本来は海に生息する青鮫が、庭中にわらわらと来ているというのです。現実を写し取る写生句とは、一線を画しています。

この作品は雑誌「現代詩手帖」に「青鮫十句」と題して発表された連作の中の一句で、〈**霧の夢寐《むび》青鮫の精魂が刺さる**〉〈**青鮫がひるがえる腹見せる生家**〉などの句とともに並べられています。兜太は山国・秩父《ちちぶ》の生まれ。生家に帰った夜に見た夢のイメージが元になっていることが窺《うかが》えます。

注目ポイント 通俗化した江戸時代末期の月並俳句からの脱却のため、正岡子規《まさおかしき》は写生の有効性を説きました。対象をありのままに写しとるのが写生ですが、現代の私たちは、もっと空想の働きを見直してもよいのではないでしょうか。そもそも、現実と空想とは、明確に分けられるわけではありません。この句の「鮫」は、想像の産物ですが、しかし作者の感じた真実には違いないのです。

Q3 「青鮫」の「青」の字から受ける印象は、次のうちどれでしょう？

正解は「**冷たさ**」です。アオザメという種類の鮫もいますが、ここでの「青鮫」は、生物学上の名称というより、青くて大きな鮫の呼び名と考えればよいでしょう。「青鮫」の「青」の字で示された冷たい印象が、梅が咲く春浅い頃の風や空気の冷たさを感じさせているのです。それに加えて、鮫という生き物の持っている凶暴性が、大きな意味を持っています。「梅」という高雅な花と凶暴な「青鮫」との組み合わせは、とても奇抜で大胆です。

その狙いは、「梅」という花の高雅さの内に秘めた野趣《やしゅ》を引き出すことにあります。思えば、枝にびっしりと咲き、強い香りを放つ梅は、なかなか猛々《たけだけ》しい花でもあります。生命感に溢《あふ》れた梅と青鮫とが、自分の領域である「庭」に存在するということは、それらの命の奔《ほん》流《りゅう》が自分の中に流れ込んでくることを示しています。春がはじまろうとする大地の命の脈動に、作者自身も参入しているのですね。兜太自身はこの句について「ぼくのぎらぎらした魂の状態のようなもの」を出したかったのだと述べています（安西篤《あんざいあつし》『金子兜太』）。

一匹の鮫ではなく、「庭中」と言って、無数の鮫がひしめいているイメージを出したのも効果的です。兜太は、芭蕉《ばしょう》の〈**古池や蛙**《かわず》**飛びこむ水の音**〉について、蛙はたくさんいるのだと、ユニークな解釈をしています。この句の青鮫も、「庭中に」という賑《にぎ》わしさ、騒々しさが、いかにも兜太らしく、情景に生気がみなぎっています。

Q4 句に臨場感を生んでいる表現があります。抜き出しましょう。

正解は「**来ている**」です。「来る如《ごと》く」などと比喩《ひゆ》を使うのではなく「来ている」と断定したことが効果的です。超現実的なイメージを、今まさに目の前で起こっている現実のように表現したことで、句の言葉に迫力が生まれています。

Q5 この句には、韻律の上で、どのような特徴があるでしょう？ ふさわしいものを次から二つ選びましょう。

正解は「**字余り**」と「**句またがり**」です。俳句で一般的な文語ではなく、口語を用いることで、五七五のリズムにきっちりとおさまることのない、破調のリズムを作り出しています。形式の器から言葉がこぼれてしまっている独特のリズムが、猛々しい梅と青鮫のパワーを物語っています。

まとめましょう 春先の野山に満ちていく命のエネルギーを、梅と青鮫との混沌《こんとん》とした超現実的イメージによって表現した一句です。自然界の命と十七音によって交感しようする、「生きもの感覚」を提唱する兜太の、代表句の一つです。

落椿《おちつばき》われならば急流へ落つ

鷹羽狩行《たかはしゅぎょう》

Q1 椿は散るとき、花ごと落ちる特徴があります。この句では、そうした「落椿」を、どんな印象で捉《とら》えているでしょう?

○潔《いさぎよ》いもの　○不吉なもの

Q2 この句には「句またがり」の技法が用いられています。どの語で句またがりになっているのか、句から適当な一語を抜き出しましょう。

Q3 文語である「落椿われならば」の部分を口語にすると、どちらになるでしょう?

○落椿は私なので
○落椿が私であれば

Q4 この句は「急流に落つ」ではなく「急流へ落つ」となっています。そうすることの効果で、正しいものを次から選びましょう。

○急流の波を限定的に見せる
○椿の木と川がある、広い風景を捉《とら》える

Q5 この句を含め、鷹羽狩行の俳句を評するときによく用いられる語があります。どれでしょう?

○枯淡　○磊落《らいらく》　○機知《きち》

Q1 椿は散るとき、花ごと落ちる特徴があります。この句では、そうした「落椿」を、どんな印象で捉えているでしょう?

正解は「**潔いもの**」です。落花の様子が首が落ちるさまを思わせるので不吉なものにも詠《よ》まれますが、この句では潔いものとして詠まれているのが目を引きます。作者は次のように自解しています。「桜とちがって、椿は老残の姿となって落ちる。いっそ、いさぎよく、たちまち渦に呑《の》み込まれる急湍《きゅうたん》に落ちてほしい」(『自註現代俳句シリーズ第一期②鷹羽狩行集』)。

Q2 この句には「句またがり」の技法が用いられています。どの語で句またがりになっているのか、句から適当な一語を抜き出しましょう。

正解は「**急流**」です。中七《なかしち》と下五《しもご》の間に「急流」の語が掛かり、五七五の調べが乱されることで、この語が一句の中でとりわけ意識されます。「きゅう」「りゅう」と伸びる音を重ねた言葉の響きそのものが、勢いよく流れる川の様子を、よく表しています。重要な言葉を目立たせるために、句またがりの手法が使われているわけです。

Q3 文語である「落椿われならば」の部分を口語にすると、どちらになるでしょう?

正解は「**落椿が私であれば**」です。「ば」という接続助詞は、活用語の未然形の動詞に付くと仮定条件(「~したら」の意味)、已然《いぜん》形に付くと確定条件(「~だから」の意味)になります。この句の場合「ならば」の「なら」は、助動詞「なり」の未然形ですから、仮定条件があてはまり、「もし私が落椿であれば」と訳されます。
「われならば急流に落つ」と言うことで、逆に、急流に落ちなかった落椿のありようが、読者の脳裏に浮かんできます。すなわち、地面に散った椿の姿です。傷つきやすい花びらは、すぐに色あせ、見苦しい姿をさらします。そんな姿を人に見せるぐらいなら、流れ去ってしまう方が良いという美学は、そのまま、作者の人生観につながっています。老醜を拒み、成すべきことを成したら潔く死んでいきたいという人生観です。さらに「急流」ということで、潔い生き方への切望が伝わりますね。この句が作られたのは昭和三十六(一九六一)年で、作者は三十一歳を迎える年でした。青春期を過ぎた若者の生き急ぐような人生観は青臭いですが、そこが新鮮で大きな魅力にもなっています。

注目ポイント　桜の儚《はかな》さを女性の美の衰えやすさに喩《たと》えたり、蛍火に恋心を託したりといったように、自然物に自分を重ねる手法は、和歌の時代からあります。季語に自分を重ねる際には、こうしたパターンにとらわれないで、意表を衝《つ》くものを選ぶと良いでしょう。

Q4　この句は「急流に落つ」ではなく「急流へ落つ」となっています。そうすることの効果で、正しいものを次から選びましょう。

正解は「**椿の木と川がある広い風景を捉える**」です。「に」と「へ」はよく似た働きの助詞ですが、「に」は目標がはっきりしていて、「へ」は方向性を表すという違いがあります。「急流に落つ」は、急流に焦点が絞られる分、句の切り取る景が狭くなります。「急流へ落つ」には、椿の木と川の間の空間や、急流以外の地面に落ちた椿も想像され、より広い風景が詠みこまれています。

Q5 この句を含め、鷹羽狩行の俳句を評するときによく用いられる語があります。どれでしょう?

正解は「**機知**」です。自分と落椿を重ねたこの句をはじめ、狩行の句は象徴化の図式がわかりやすく、表現も明晰《めいせき》です。ゆえに機知的な句と評されることが多いのです。本人は〈**古草やまたぞろ機知の狩行論**〉と俳句にしていますので、そうした評に少し辟易《へきえき》しているのかもしれません。詩歌《しいか》において、機知は否定的に見られることもありますが、感覚だけでは独善に陥《おちい》ってしまいます。機知と感覚とを、ともに働かせてこそ優れた詩歌が生まれるのです。

まとめましょう 自分が仮に落椿だったら、地の上でみじめな姿をさらすよりも、いっそのこと急流へ落ちて消えることを選ぶというのです。そこに、作者が持つ人生における美学も投影されています。

地名を輝かせるには

「歌枕《うたまくら》」をはじめとして、心ひかれる地名が、この国にはたくさんありますね。地名は、季語と同様、伝統的な意味を背負っています。

たとえば、吉野《よしの》といえば、山桜や、吉野葛《くず》がまず頭に浮かびますね。あるいは、西行《さいぎょう》が庵を結んだ地であり、後醍醐《ごだいご》天皇により南朝の開かれた地でもあります。こうした情報は、すべて「吉野」という地名に含まれているので、句にするときには、自分なりの発見を加えなくてはなりません。

たとえば、次の句。

揚羽《あげは》より速し吉野の女学生　**藤田湘子《ふじたしょうし》**

この句の手柄は、「吉野」の地に、「女学生」を発見したことです。しかも、その「女学生」が「揚羽より速し」ということで、さらにその健やかさが引き立ちます。吉野は古典的な地名ですが、同時にそこには今も人々が生活し、子供たちも育っているのだということを、気づかせてくれますね。

大事なのは、この句は吉野の伝統性を無視しているわけではないということ。吉野の奥《おく》千本《せんぼん》の桜のイメージは、「女学生」の健康的な艶《つや》めきに、たしかに関わっています。地名を前面に立たせず、一歩引いた使い方をした方が、かえって地名が輝くのです。

第2章

名句名勝負

何かしら関連がある二つの名句の内容や季語、技法などを比べることで、それぞれの句の良さが見えてきます。

あなたの心に響くのはどちらでしょう?

色彩対決

Q1
赤と白の色彩をはっきりと対比させているのは、どちらの句でしょう?

白牡丹《はくぼたん》といふといへども紅《こう》ほのか

高浜虚子《たかはまきょし》

×

赤い椿白い椿と落ちにけり

河東碧梧桐《かわひがしへきごとう》

Q2
音調の柔らかさがあるのは、どちらの句でしょう?

Q3
正岡子規《まさおかしき》の亡きあと、「ホトトギス」を大きく発展させたのは、どちらの作者でしょう?

Q1 赤と白の色彩をはっきりと対比させているのは、どちらの句でしょう?

正解は「**赤い椿白い椿と落ちにけり**」です。どちらも赤と白の色彩を詠《よ》んだ句で、映像的である点は共通していますね。

赤と白を対照的な色として捉《とら》えているのが碧梧桐の句です。赤い椿の隣に白い椿が落ちているということで、それぞれの椿は自分の色を鮮烈に主張しています。虚子と碧梧桐を率いて俳句革新運動に邁進《まいしん》していた正岡子規は、この句を自身の提唱する写生の理論に適《かな》った「印象明瞭」の句の典型として紹介しています（明治二十九年の「俳句界」）。

実は碧梧桐の句は、子規選の俳句欄に載ったときには、次の句形に添削されていました。

白い椿赤い椿と落ちにけり

白は何にも染まらない色で、一句のはじめに持ってくるのは、インパクトに欠けます。後に選集に収められた際には制作時の句形に戻っています。まずは「赤い椿」の鮮烈な色を脳裏に焼きつけ、そのあとで「白い椿」の清楚《せいそ》な色を添えることで、画面が引き締まります。やはり「赤」から「白」の順番の方が、色彩の対比が鮮やかです。

虚子の句は、二つの色彩を対比させるのではなく、むしろ地続きのものとして、牡丹の白さの中にひそむ紅さを詠《うた》っています。現代の4K、8Kテレビではじめて再現できるような細やかな色彩感覚です。「といふといへども」「ほのか」といった曖昧《あいまい》な言い方をあえてすることで、牡丹の花びらの微妙な色合いを表現しています。

Q2 音調の柔らかさがあるのは、どちらの句でしょう?

正解は「**白牡丹といふといへども紅ほのか**」です。「白牡丹と」と上五《かみご》を字余りにして、さらに「いふといへども紅ほのか」という言葉をたっぷりと使った調べは、実にふくよかです。このふくよかで柔らかな調べが、白牡丹の花びらの大きさや質感を感じさせています。虚子の句の調べの良さは、彼が謡曲をたしなんでいたこととも関わっているでしょう。

この句のように、字余りが表現上、有効に働く場合もあります。虚子は、

凡《およ》そ天下に去来程《きょらいほど》の小さき墓に参りけり

という、上五が十三音に及ぶ、大胆な句も作っています。芭蕉《ばしょう》の高弟であった向井《むかい》去来にしては、ずいぶん慎ましい墓だな、という驚きを、字余りで表現しているのです。

上五や下五《しもご》の字余りは生きる場合もありますが、中七《なかしち》の字余りは避けた方が良いとされます。句のリズムが、中だるみしてしまうからです。

Q3 正岡子規の亡きあと、「ホトトギス」を大きく発展させたのは、どちらの作者でしょう?

正解は「**高浜虚子**」です。子規の信頼した虚子と碧梧桐。虚子はどちらかといえば主観的で言葉重視、碧梧桐は客観的で現実重視という特徴があります。子規はそんな二人を「碧梧桐は冷かなること水の如《ごと》く、虚子は熱きこと火の如し」と評しています。白牡丹と椿の

句は、そうした二人の資質の違いを、端的に物語っています。

子規の亡きあとは、碧梧桐が子規の俳句革新運動を引き継ぎ、虚子は小説に没頭します。碧梧桐はやがて、五七五のリズムや季語の約束から俳句を解放し、詩の一形式として近代化させようとする方向を目指します。これを俳句の危機と見た虚子は俳句界に復帰、守旧派を自負して碧梧桐の新傾向俳句に対抗します。

良き友であり、ライバルでもあった碧梧桐の死に際して、虚子は「碧梧桐とはよく親しみよく争ひたり」の前書《まえがき》を付して、

たとふれば独楽《こま》のはぢける如くなり

の追悼句を贈りました。

まとめましょう 赤と白の色に基づきながら、主観を通して微妙な色彩感を表現したのが虚子の句、客観を通して鮮明な映像として描写したのが碧梧桐の句です。ライバルだった二人の代表句は、俳人が対象に向き合うときに、大きく分けて二つの方法があることを示しています。

五月雨対決

五月雨《さみだれ》を集めて早し最上川《もがみがわ》

芭蕉《ばしょう》

×

五月雨や大河を前に家二軒

蕪村《ぶそん》

Q1 近代俳句の祖である正岡子規《まさおかしき》が、より優れているとしたのは、どちらの句でしょう？　選びましょう。

Q2 絵画にはできない魅力があるのは、どちらの句でしょう？

Q3 近代になって再発見された作者は、芭蕉と蕪村、どちらでしょう？

Q1 近代俳句の祖である正岡子規が、より優れているとしたのは、どちらの句でしょう？選びましょう。

正解は「**五月雨や大河を前に家二軒**」です。

芭蕉の句は『おくのほそ道』に出てくる世評の高い一句です。しかし子規は、病床での手記『仰臥漫録《ぎょうがまんろく》』で、芭蕉よりも蕪村の句のほうが優れていると断定しました。子規によれば、芭蕉の句の「集めて」の表現は、巧《たく》み過ぎて面白くないというのです。対して、蕪村の句を「遥カニ進歩シテ居ル」と高く評価しています。

この評価は、確かにある点では的を射ています。絵画的で実感があるという点では、蕪村の句のほうがより優れているでしょう。五月雨によって増水して、今にもあふれそうになっている川。ほとりには二軒の家が建っています。この「二軒」という限定が具体的で、リアリティがあります。ふくれあがった水の流れに呑《の》まれそうになりながら、肩を寄せあうように、危なげに建っている様子が、ありありと目に浮かびます。

ただ、子規の評価については、時代背景を踏まえて見ておく必要があります。その背景とは、明治初期の俳人たちの間で、芭蕉の神格化が進んでいたということです。子規が、芭蕉よりも蕪村を優位としたのは、むやみに芭蕉を崇拝する当時の俳人たちへの批判の意味もあったのです。

Q2 絵画にはできない魅力があるのは、どちらの句でしょう?

正解は「**五月雨を集めて早し最上川**」です。この句は確かに、蕪村の句に比べ、画にしようとすると難しいでしょう。ただし、画にできないということは、画という形式を超えた、言葉としての魅力があるということでもあります。

「五月雨を集めて」とは、あちこちに降った五月雨が一つの流れになり、ということ。空間のみならず、五月雨の降り続いた時間をも内包しています。時間的な奥行きを持った風景をおさめることができるカンバスは、私たちの心の中にしかありません。芭蕉の句の魅力は、壮大な時間と空間をたった十七音で表現している点にあります。

最上川が和歌に詠《よ》まれた最初は、『古今和歌集《こきんわかしゅう》』に東歌《あずまうた》として載る次の和歌でした。

もがみ川のぼればくだるいなふねのいなにはあらずこの月ばかり　詠み人しらず

最上川を上り下りしている稲舟ではないけれど、「否」というわけではないの、逢《あ》えないのはこの月だけだから、というのです。男からの求婚を女が遠回しに受け入れる、恋の駆け引きの場面です。

この句では、最上川の持つ伝統的な恋の情緒を潔く切り捨て、恋の香りをまったくさせない、豪快な最上川の姿を描き出した点に、名句たる理由があります。

Q3 近代になって再発見された作者は、芭蕉と蕪村、どちらでしょう?

正解は「**蕪村**」です。蕪村は江戸期には、俳人としてではなく、むしろ南画《なんが》の大家として知られていました。子規が、俳人・蕪村を再発見したのです。

子規が強調したのは、蕪村の句の写生的な面です。ですが、蕪村の句は、写生的なものばかりではありません。詩人の萩原朔太郎《はぎわらさくたろう》は「郷愁の詩人」と称して、蕪村のロマン主義的な一面を指摘しています。

昭和四十九年、俳文学者の尾形仂《おがたつとむ》により刊行された蕪村の最晩年における自選自筆句帳は、興味深い事実を明らかにしました。蕪村が会心の作としてマルを付している自作は、意外にも〈**いとまなき身にくれかかる蚊《か》やり哉《かな》**〉〈**貧乏に追ひつかれけり今朝の秋**〉〈**蓑虫《みのむし》のぶらと世にふるしぐれ哉**〉といった滑稽《こっけい》味のある句だったのです。

蕪村の句は、妖怪《ようかい》ものや歴史ものなどもあり、実に多彩です。その魅力は、まだまだこれから発見されていくでしょう。

まとめましょう 芭蕉の句は、大きな時空を抱えこんでいます。蕪村の句は、絵画のように情景が浮かび、物のリアリティを捉《とら》える近代的写生句のさきがけといえます。まさに五月雨の大河のように、時代を超えて現代俳句に存在感を示し続ける二句です。

地名対決

かたつむり甲斐《かい》も信濃《しなの》も雨のなか

飯田龍太《いいだりゅうた》

×

秋の淡海《おうみ》かすみ誰にもたよりせず

森《もり》 澄雄《すみお》

Q1

作者の故郷を詠《よ》んだ句は、どちらでしょう？

Q2

芭蕉《ばしょう》への憧《あこが》れの気持ちを詠んだ句は、どちらでしょう？

Q3

「甲斐」と「淡海（近江）」、古典への空想をより呼び起こすのは、どちらの地名でしょう？

Q1 作者の故郷を詠んだ句は、どちらでしょう?

正解は「**かたつむり甲斐も信濃も雨のなか**」です。作者の飯田龍太は飯田蛇笏《いいだだこつ》の四男で、山梨県境川村《さかいがわむら》(現在の笛吹《ふえふき》市内)の生まれ。家を継ぐことに複雑な思いを抱えていた青年期を経て、この句には産土《うぶすな》を受け入れた寛《くつろ》ぎが感じられます。まず、この胸がすくような、雄大な景のつかみ方はどうでしょう! 甲斐と信濃、隣り合う二つの国にまたがって降っている——そんなふうに思えるほど、目の前のかたつむりに降り注ぐ雨は、豊かで勢いがあるのです。

「かたつむり」と「雨」はとても近い関係にあるので、いわゆる「即《つ》き過ぎ」になってしまう恐れがあります。しかし、この句においては、近い関係にある二つをあえて並べて、衒《てら》いのない素朴な味わいを出すことに成功しています。ア段の音が多く、調べが朗《ほが》らかなので、雨を詠んでいるにもかかわらず、湿っぽい感じがありません。また「かたつむり」のひらがな表記は、まるで子供の目線でかたつむりを眺めているような趣《おもむき》です。雨を喜ぶかたつむりと同じように、作者もまた、山国に恵みをもたらす雨に感動していることが伝わります。

故郷を詠んだ龍太の句に対して、旅の感慨を詠んだのが、澄雄の句です。自解によれば、芭蕉の墓のある大津の義仲寺《ぎちゅうじ》にはじめて詣《もう》でて、帰りの電車で吊革《つりかわ》に揺られながら、感動の余韻《よいん》に浸っているときに、ふっと口をついて出てきた句だそうです。「誰にもたよりせず」のいささか気負った表現には、旅吟ならではの緊張感が漂います。

Q2 芭蕉への憧れの気持ちを詠んだ句は、どちらでしょう?

正解は「**秋の淡海かすみ誰にもたよりせず**」です。「淡海」は琵琶湖《びわこ》を指し、近江という国も意味します。近江といえば、次の句を思い出しますね。

行《ゆ》く春を近江の人と惜しみける　芭蕉

澄雄はある年、師の加藤楸邨《かとうしゅうそん》とともにシルクロードの旅に出たのですが、その旅では一つも句を作りませんでした。心に浮かんでくるのは不思議にも、芭蕉のこの近江の句だったといいます。後年、近江への旅を重ね、自分の心の故郷を、かの地に定めました。

誰に会うこともなく、手紙での連絡すらも一切断って、みずから孤独を深めています。そのことで、かすみがかった湖の彼方《かなた》に透けて見える、芭蕉をはじめとする隠者たちの世界につながろうとしているのです。

Q3 「甲斐」と「淡海（近江）」、古典への空想をより呼び起こすのは、どちらの地名でしょう?

正解は「**淡海**（近江）」です。甲斐や信濃にももちろん歴史はありますが、なんといっても和歌や俳諧《はいかい》に多く詠まれてきた淡海は文学上、特別な地名といえます。〈**淡海《おうみ》の海夕浪《うみゆうなみ》千鳥《ちどり》汝《な》が鳴けば情《こころ》もしのに古思《いにしえ》ほゆ**〉と、古都を偲《しの》ぶ歌を柿本人麻呂《かきのもとのひとまろ》が『万葉集』で詠んで以来、その景勝は、歌人たちの心を捉《とら》えてきました。芭蕉もさきほどの「行く春」の句のほかに、**〈辛崎《からさき》の松は花より朧《おぼろ》にて〉**という句も残しています（辛崎は近江八景の一つ）。澄雄の句は、現実の琵琶湖の景というより、淡海の伝統的なイメージに添っています。現実社会と隔たって古典の世界に浸り、古人と心を重ねることで満ち足りる、そんな理想の境地が、ここにはあります。

評論家の山本健吉《やまもとけんきち》は俳句の三つの要素として「挨拶《あいさつ》・滑稽《こっけい》・即興」をあげました。挨拶の相手は、人ばかりではなく、自然や土地への挨拶も含まれます。心をこめて土地の名を詠み込むことで、その土地への挨拶となるのです。

まとめましょう 龍太は、甲斐・信濃の山国に降る滂沱《ぼうだ》たる雨を自然体で捉えています。澄雄は、淡海というゆかしい地名によって展《ひら》かれる古典世界への、真摯《しんし》な憧れを詠《うた》っています。地名の現在を切り取った龍太と、地名から過去へ空想を広げた澄雄と――昭和四十年代、伝統俳句の雄として活躍した二人の作風の違いが、地名の扱い方からも窺《うかが》われます。

辞世対決

Q1 茅舎と朱鳥、二人が共通して得意とした技法は、何でしょう?

○オノマトペ　○比喩《ひゆ》　○二物衝撃

朴《ほお》散華《さんげ》即《すなわ》ちしれぬ行方《ゆくえ》かな

川端茅舎《かわばたぼうしゃ》

×

つひに吾《わ》れも枯野《かれの》のとほき樹となるか

野見山朱鳥《のみやまあすか》

Q2 二句のうちどちらかで、仏教語が一つ使われています。その言葉を抜き出しましょう。

Q3 死へのロマンチシズムが感じられる句は、どちらでしょう?

Q1 茅舎と朱鳥、二人が共通して得意とした技法は、何でしょう？

正解は「**比喩**」です。茅舎は明治三十（一八九七）年、朱鳥は大正六（一九一七）年生まれ。「ホトトギス」の代表作家として活躍していた茅舎が病没し、その後を引き継ぐ作家として、師の高浜虚子《たかはまきょし》の期待を受けたのが朱鳥です。朱鳥の第一句集『曼珠沙華《まんじゅしゃげ》』に寄せたたった一行の序文「曩《さき》に茅舎を失ひ今は朱鳥を得た」に、それは明らかです。朱鳥自身も茅舎を深く尊敬していました。「朴散華」の句について「こういった句境に死ぬ時でも到達できるであろうか」と述懐しています。

今回取り上げたのは、そんな二人が、亡くなる年に病の中で詠《よ》んだ句です。作者が明確に辞世《じせい》と言っているわけではありませんが、死の気配が濃厚で、辞世と呼ぶにふさわしい気迫がこもっています。

茅舎と朱鳥には作風の上に共通点があります。それは比喩の名手だということ。取り上げた二句においても、比喩的な発想が契機になっています。

朱鳥の比喩は、明快です。死んだ自分を「枯野のとほき樹」になぞらえ、この世を離れる悲しみを表現しています。茅舎の比喩はもっと微妙な使われ方です。死に瀕《ひん》した自分を、散りゆく朴の花びらに直接的に喩《たと》えているというよりは、朴の花の散るさまを表しながら、その向こうに、自分の存在を匂わせているのです。

比喩というレトリックを、明らかにそれと分かるかたちでは用いず、喩えられるものを、言葉の奥底に潜ませた茅舎の句は、比喩の究極のありようを示しているといえるでしょう。

Q2 二句のうちどちらかで、仏教語が一つ使われています。その言葉を抜き出しましょう。

正解は「**散華**」です。散華とは、仏の供養のために花を散布することをいいます。病気がちだった茅舎は宗教に関心を持ち、仏教やキリスト教の素養を句に生かしています。

ふつうなら「朴散りて」などとするところを、あえて「朴散華」といい、その潔さを強調しています（「散華」は、戦死の美称としても使われる言葉です）。朴が散るのは夏。実際の朴は、黄ばんだ花びらがいつまでも残っていたりして、それほどきれいな散り方はしません。あえてこのようにきっぱりとした散り方として表現したことで、あとかたもなく散ってしまう虚しさだけではなく、生から解放された清々しさも感じられます。

そもそも、辞世の句とは、僧の遺偈《ゆいげ》に倣《なら》ったものだとされます。遺偈とは、禅僧が門弟や後世の人に向けて、死に臨んでの境地や教訓を、詩や歌の形で残すもの。僧の遺偈は格式ばったものになりがちですが、俳人の辞世は、もっと平俗で、洒脱《しゃだつ》です。茅舎の句も朱鳥の句も、ともに型通りの辞世ではなく、自身の作風と流儀を貫いています。

Q3 死へのロマンチシズムが感じられる句は、どちらでしょう？

正解は「**つひに吾れも枯野のとほき樹となるか**」です。「枯野のとほき樹となるか」には、親しんだ人々から去っていく悲哀も感じられますが、枯れ果てた野の中において、はるかに遠望される存在になりたいという、ロマンチシズムも漂わせています。「つひに吾れも」の字余りや、「となるか」の詠嘆も、一句のロマンチシズムを高めているといえるでしょう。死を恐れるだけではなく、甘やかにとらえている点に、朱鳥の詩人としての矜《きょう》持《じ》を読み取ることができます。

まとめましょう この世を去っていく感慨を詠んだ二句です。茅舎は散ってすぐ見えなくなってしまう朴の花に、自分からの解放を見出しています。朱鳥は、ひとり別の世に旅立っていく孤独を恐れつつ、はるかなる一本の樹になりたいと、死を壮大なロマンととらえています。死をどのように詠むかは、その俳人の生き方を照射するといえるでしょう。

反戦を詠む

原爆許すまじ蟹《かに》かつかつと瓦礫《がれき》あゆむ
金子兜太《かねことうた》

×

あやまちはくりかへします秋の暮《くれ》
三橋敏雄《みつはしとしお》

Q1
反戦の思いを、より直接的に詠《よ》んでいるのは、どちらの句でしょう?

Q2
「あやまちはくりかへします」は、ある場所に建てられた碑《ひ》の文をもじっています。碑が建てられているのは、どこでしょう?

Q3
戦争を繰り返す人類へのアイロニカルな視線が感じられるのは、どちらの句でしょう?

Q1 反戦の思いを、より直接的に詠んでいるのは、どちらの句でしょう?

正解は「**原爆許すまじ蟹かつかつと瓦礫あゆむ**」です。「原爆許すまじ」の直截《ちょくせつ》な書き出しは、インパクトがありますね。ただ、これだけでは俳句ではなく標語に近いといえます。兜太の作は、「蟹かつかつと瓦礫あゆむ」の具象性によって、俳句になっています。瓦礫の上を這《は》っている蟹の足の動きを「かつかつ」と捉《とら》えたのは、感覚的です。理屈や意味に拠《よ》らない感覚に根差した表現が、「原爆許すまじ」のむき出しのメッセージを受け止めて、一句を多義的にしています。標語は一義的ですが、俳句は多義的です。

無惨な殺戮《さつりく》に対する怒りを託すのが、夏の季語である「蟹」というのが独特ですね。ユーモラスな姿の蟹が瓦礫の上を這っているという、やや唐突な組み合わせが、イメージとして鮮烈です。

Q2 「あやまちはくりかへします」は、ある場所に建てられた碑の文をもじっています。碑が建てられているのは、どこでしょう?

正解は「**広島平和記念公園**」です。原爆死没者慰霊碑には、次の文言が刻まれています。
「安らかに眠って下さい過ちは繰返しませぬから」。

敏雄の句の「あやまちはくりかへします」は、この文言を意識しつつ、そうは言っても人間は、やはり戦争を繰り返す生き物なのだと言っています。原文は漢字が使われているのに、敏雄の句ではひらがなであるところは、こちらこそが隠された真理であるというメッセージを窺《うかが》わせます。碑文の文章をもじって、愚かな人類を諷刺《ふうし》している点に、皮肉《アイロニー》がみられます。

Q3 戦争を繰り返す人類へのアイロニカルな視線が感じられるのは、どちらの句でしょう?

正解は「**あやまちはくりかへします秋の暮**」です。この句の多義性を担保しているのは季語である「秋の暮」です。戦争という同じ過ちを何度も繰り返してきた人類。その人類に対して「虚しい」とか「愚か」と答えを出してしまうと標語になってしまいますが、敏雄は「秋の暮」でまとめて、あとは読者の読解に任せています。「秋の暮」は和歌の「三《さん》夕《せき》の歌」で知られる伝統的な季語。いわば日本の美意識を体現するような言葉です。それが「あやまちはくりかへします」の諷刺の文言と取り合わされるという身も蓋《ふた》もない扱われ方をしています。二重の皮肉が効いた句なのです。

アイロニーは、言いたいことをストレートに表すのではなく、ひとひねりしたところに真実を見出すという表現手法です。アイロニーこそが俳句の本質である、という説もあります。この句の場合、戦争を二度と繰り返してほしくないという強い反戦の思いを表明するために、あえて逆の表現をしているのです。

ただし、この句を「皮肉」だけから読み解くのは浅いでしょう。この句は、「秋の暮」

にまつわる日本伝統の無常観を、戦争の現実を踏まえて捉え直しています。原爆投下という過酷な現実は、昔から詩人の心を捉えてきた「秋の暮」の情趣を粉々に砕いてしまいました。そのことへの敏雄の深い悲しみを、一句から読み取るべきです。ドイツの哲学者アドルノは、アウシュビッツ以後に詩を作ることは野蛮だと言いました。敏雄はあえて皮肉な表現をとって、人類の歴史の本質に迫り、無常観の対象を現代の戦争にまで拡大することで、「秋の暮」の季語を復権させようとしています。高みから人間を皮肉っているわけではなく、詩人として身を切る覚悟で「秋の暮」を置いているのです。

まとめましょう 兜太は大正八（一九一九）年生まれ、敏雄は同九年生まれ。二人は一つ違いで、ともに戦争の現実を体験した世代です。彼らの反戦句は、一方は直情的で、一方は韜晦《とうかい》的。対照的と言っていいほどですが、戦争を憂い、体験者の思いを俳句という形で後世に伝えようとする真摯《しんし》さは、共通しています。

否定形で句にふくらみを

俳句の短さで、どれだけ豊かな意味や情感を表現することができるのか。先人たちは苦労を重ねてきました。有効な方法の一つが、否定形です。たとえば、次の句。

白菊の目にたてゝ見る塵もなし　芭蕉《ばしょう》

女性俳人・園女《そのじょ》への挨拶《あいさつ》として詠《よ》まれたもので、白菊の清廉さが主題です。あえて「塵」という美しさ、清らかさとは矛盾するものを出して、あとで「なし」と否定しています。背景に「塵」にまみれた俗世を想起させることで、その中でいっさい塵をとどめていない白菊の美しさが奇跡のように思えてきます。ただ白菊が美しい、とか、清らかだ、とストレートに表すよりも、より複雑なニュアンスを持たせることに成功しているのです。

柴漬《ふしづけ》の沈みもやらで春の雨　蕪村《ぶそん》

「柴漬」は、冬に柴や笹を束ねて湖に沈め、魚や海老などをとる道具。春になって用済みになった柴漬の残骸が、空しく雨に打たれているという情景です。「沈みもやらで」といったことで、単純に「沈む」とか「浮く」とか言ったのでは表せない、浮くとも沈むともつかない微妙な状態にある柴漬の哀れが表現されています。

鰯雲《いわしぐも》人に告ぐべきことならず　加藤楸邨《かとうしゅうそん》

「人に告ぐべきことならず」ということは、

実は「人に告ぐべき」と思っていることがあると匂わせています。それを「ならず」と打ち消すことで、思いを吐露することのできない苦しさを訴えています。「鰯雲」の流れていく、すがすがしい秋の空とはうらはらに、心中はいちじるしく澱《よど》んでいるのです。

子燕《こつばめ》のこぼれむばかりこぼれざる　**小澤《おざわ》　實《みのる》**

親から餌《えさ》をもらい、日々肥えてゆく子燕たち。巣におさまりきらなくなり、ちょっとしたはずみで、こぼれ落ちそうだというのです。「こぼれむばかり」と言ってから間髪入れずに「こぼれざる」と打ち消されることで、微妙な均衡《きんこう》を保っている巣の様子がいきいきと目に浮かびます。

天の川ここには何もなかりけり　**冨田《とみた》拓也《たくや》**

無数の恒星の集積である天の川。その豊《ほう》饒《じょう》さに比べ、地球上の自分がいるところは、美しいものや、夢も希望も何もない、というのでしょう。「何もなかりけり」と強い口調での否定が、作者の厭世観《えんせいかん》の深さを物語ると同時に、希望を求める心の強さを感じさせてもいます。「天の川」に象徴される豊饒さを求めて、作者は挫《くじ》けてはいないのです。

否定することで、かえって否定されたものが強く意識されるようになります。伝えたいものを、あえて否定してみるのも、一つの手です。

洋上対決

Q1
俳句にとって重要なある言葉が、鳳作の句には見当たりません。それは何でしょう?

秋の航一大紺円盤《いちだいこんえんばん》の中

中村草田男《なかむらくさたお》

×

しんしんと肺碧《あお》きまで海のたび

篠原鳳作《しのはらほうさく》

Q2
より身体的な感覚が詠《よ》まれているのは、どちらの句でしょう?

Q3
造語を一句の骨格に据《とら》えている句から、造語を一つ抜き出しましょう。

Q1 俳句にとって重要なある言葉が、鳳作の句には見当たりません。それは何でしょう？

正解は「季語」です。俳句は季語を入れるものという約束にとらわれず新しい時代の表現や素材に挑んだのが新興俳句と呼ばれる昭和期の運動。その流れの中で、先陣を切って無季俳句を実行したのが、鳳作でした。

無季であることの表現上の効果とは、何でしょう。一つは、四季の実感の薄い土地の風土性を表現できること。季語は原則として、和歌伝来の京都の季節感に基づいていて、そこから漏《も》れてしまうさまざまな風土が、日本にはあります。鳳作の句は、作者と縁の深い沖縄や鹿児島の海を心に置いて詠まれたものと推測されます。四季の表情が本州とは異なる南国の、エキゾティックなムードが漂っています。もう一つは、古典的情趣から解放された清新さを得られること。日本らしい山河の風景ではなく、季語も何もない洋上を舞台にしたことで、歴史性を捨て去り、その代わりに、航海をしている作者の孤独と自恃《じじ》という〝今〟の実感に迫っています。

Q2 より身体的な感覚が詠まれているのは、どちらの句でしょう？

正解は「しんしんと肺碧きまで海のたび」です。草田男の句が海の広さをあくまで視覚的に捉《とら》えているのに対し、鳳作の句は、海や空の青さが体に沁みこんでくるという、視覚にとどまらない肉体的な感覚が詠まれています。「胸」ではなく「肺」ということで、海や空の青さをより身体の奥まで吸いこんでいる感じが出ていますね。
身体の部位を句に詠む効果は、第一に、確固とした具象性があるために、イメージがはっきりするということがあります。第二に、視覚に加えて触覚による把握がなされるために感覚的に豊かな句を作ることができます。鳳作の句では、目には見えない「肺」とという部位が示されることで、より内面的、心象的な表現になっています。

「しんしんと」の使い方の清新さも見逃せません。「しんしんと」に続くのは、「雪が降る」とか「夜が更ける」などと沈潜したイメージが一般的。それが「肺碧き」のみずみずしいフレーズにつなげられているのです。気づかないほどに静かにひっそりと、自身の肉体の内部が青さに染まっていくという、現実を超えた詩的な感覚が、「海のたび」をより魅力的に見せます。鳳作はこの句を作る前、川端茅舎《かわばたぼうしゃ》の〈**いかづちの香を吸へば肺しん〳〵と**〉の鑑賞文を書いています。おそらくこの句が頭にあり、「しんしんと」を通常ではない用法で使ったのでしょう。

Q3 造語を一句の骨格に据えている句から、造語を一つ抜き出しましょう。

正解は「**一大紺円盤**」です。これは辞書には載っていない、草田男のオリジナルの言葉。「とても大きな紺色の円盤」というぐらいの意味で、海のことをさしています。「イチダイコンエンバン」という長大な造語は、そのまま海の広大さを表しています。

「秋」の季語からは、澄《す》んだ空や風、海原の輝きが連想されます。気宇壮大な句ですが、伝統的な秋の寂寥感《せきりょうかん》もかすかに混じり、広大な海を渡っていく作者の孤独も伝えています。草田男は、無季俳句が流行する中、季語を手放しませんでした。ただ、伝統的な俳句のあり方に甘んじていたわけではありません。「秋」の季語を「海」とか「空」につなげた季語は古くからありますが、「航」につなげる使い方は、斬新《ざんしん》です。そこに漢字を連ねた造語をぶつけているのもユニーク。新しさを求める意欲においては、草田男も鳳作も、一歩も譲りません。

まとめましょう 有季・無季の違いはあるものの、たとえるならば、あくまでリング上で人を驚かせる技を使ったのが草田男で、場外乱闘で沸かせたのが鳳作。俳句らしさを超えていこうとする志《こころざし》に貫かれたこれらの句が、ともに洋上の孤独な航海を詠んでいるのは、象徴的です。

虚・実対決

海士《あま》の屋は小海老《こえび》にまじるいとど哉《かな》

芭蕉《ばしょう》

×

病雁《びょうがん》の夜寒《よさむ》に落ちて旅寝哉

同

Q1 芭蕉が弟子たちにどちらが優れた句か尋ねたとき、客観的な叙景句を好む弟子がより良いとした句は、どちらでしょう?

Q2 二句目には雁《かり》が詠《よ》まれていますが、湖に群れの雁がいっせいに舞い降りる風景で有名な地は、どこでしょう? 地名を答えましょう。

Q3 想像を働かせた「虚」と実体験に基づく「実」の要素を巧みに融合させた句は、どちらでしょう?

Q1 芭蕉が弟子たちにどちらが優れた句か尋ねたとき、客観的な叙景句を好む弟子がより良いとした句は、どちらでしょう?

正解は「**海士の屋は小海老にまじるいとど哉**」です。蕉門《しょうもん》のアンソロジー『猿蓑《さるみの》』を作る際、編者に指名した弟子の二人に、芭蕉は「どちらの句を入れたらよいだろうか」と尋ねたそうです。読者の皆さんも、芭蕉に尋ねられた気持ちで、選んでみてください。

野沢凡兆《のざわぼんちょう》は、言葉の自在さといい、題材の新しさといい、「いとど」の句が勝っていると答えます。漁師の家の土間では笊《ざる》に入れた獲れたての小海老に、薄汚れたいとど（カマドウマ）が混じってピョンピョン跳ねている、という情景です。侘《わび》しい漁師の家の佇《たたず》まいが目に浮かびますね。凡兆は〈**市中は物のにほひや夏の月**〉や〈**時雨《しぐ》るゝや黒木積む屋の窓あかり**〉など叙景句を得意とした作者ですので、主情を交えないで情景を淡々と描き出した「いとど」の句を選ぶのも、納得です。

Q2 一句目には雁が詠まれていますが、湖に群れの雁がいっせいに舞い降りる風景で有名な地は、どこでしょう? 地名を答えましょう。

正解は「**堅田《かたた》**」です。その場にいたもう一人の弟子・向井去来《むかいきょらい》は、「病雁」の句を選びます。去来によれば、「いとど」の句は、題材さえ見つけ出せれば、自分でも詠めそうな句だというのです。それよりも、「病雁」は幽玄な趣《おもむき》の句で、このように格調高い境地はどうしたって自分では達成できないと讃《たた》えています。

この句は、雁の群れがいっせいにねぐらに向かって舞い降りる「落雁《らくがん》」という伝統的な詩歌《しいか》の題を踏まえたもの。大津の堅田は落雁の名所として有名で、琵琶湖に突き出た浮御《うきみ》堂《どう》のかなたに、雁が優雅に舞い降りるさまは、「近江《おうみ》八景」の一つに数えられるほど。ただし、芭蕉の句に描かれているのは、優雅な雁ではなく、夜寒に耐えきれないで、群れを離れる一羽の雁の姿です。夜空を落ちていく哀れげな鳴き声を、旅先で寝ている頭上に聞きとめたのです。「病」の字は、雁のみならず、旅寝する芭蕉自身の病も暗示しています。群れから脱落していく雁に旅寝する自分自身の境涯を重ね合わせ、旅暮らしの心細さと孤独感を滲《にじ》ませています。

Q3 想像を働かせた「虚」と実体験に基づく「実」の要素を巧みに融合させた句は、どちらでしょう?

正解は「**病雁の夜寒に落ちて旅寝哉**」です。体験に裏付けられた現実感のある把握を「実」と言い、現実にとらわれない想像力による把握を「虚」と言います。漁師の暮らしの一コマをいきいきと描いた「いとど」の句には確かな「実」があります。「病雁」の句は、群れをはぐれた雁の声を聞いたのは「実」でしょう。ただし、その雁が病んでいると見て、さらに自分の境遇と二重写しにしたところには、「虚」が入っています。虚と実を見事に融合させた句といえます。

では、二人の弟子の意見を聞いて、芭蕉自身はどういう反応をしたのか？　気になるところですが、「『病雁』の句を『いとど』の句と同列に論じたのだね」と言って笑った、ということしか伝わっていません。この笑いの真意については、さまざまな解釈ができて、謎《なぞ》のままです。虚と実とを融合させた「病雁」の句に自信を持っていた芭蕉が、「いとど」の句を評価した凡兆の未熟さを笑ったのか。あるいは、「小海老」の中に混じった「いとど」には孤独な自身の身の上が投影されているのであり、実は「いとど」の句にも虚の要素が入っているというのに、「いとど」の方を叙景句と見た去来と凡兆の二人を笑っているのか。『猿蓑』には両方の句が入っています。どちらが良いかというより、それぞれの良さを、弟子たちがちゃんと指摘することができるのかを、芭蕉は試したかったのかもしれませんね。

まとめましょう　この二句は、元禄《げんろく》三（一六九〇）年、ひどい風邪を引いて療養していた堅田で詠まれたものです。現代の俳句は写生が重視されますが、時には主観を働かせ、言葉で自由に遊びなさいと、芭蕉は語り掛けているのではないでしょうか。

木枯対決

Q1 陸の「木枯」に対して「海」という対照的な言葉を、より機知的な発想で結びつけた句は、どちらでしょう？

木枯《こがらし》の果《はて》はありけり海の音

言水《ごんすい》

×

海に出て木枯帰るところなし

山口誓子《やまぐちせいし》

Q2 過去の先行作を踏まえて句を作る技法を、何と呼ぶでしょう？

Q3 動詞を工夫して、「木枯」に人のイメージを重ねている句は、どちらでしょう？

Q1 陸の「木枯」に対して「海」という対照的な言葉を、より機知的な発想で結びつけた句は、どちらでしょう?

正解は「**木枯の果はありけり海の音**」です。陸上を吹く「木枯」の果ては「海」だという理知的な把握は、江戸時代初期に流行した作風でした。池西言水《いけにしごんすい》は、若い頃の松尾芭蕉《まつおばしょう》と、旧派を打ち破って新風を起こそうとした同志でした。

「海」という表記から誤解されやすいのですが、この句には「湖上眺望」という前書《まえがき》がついていますので、「海」はこの場合、琵琶湖《びわこ》を指します。「木枯」とは、その字が示すように、木々を枯らす冬の風のことで、本来は陸で聞くもの。京の町中を吹きまくった「木枯」が、最後に琵琶湖に行き着いて、その音は波音に紛れてしまった、という句です。陸と海とを、音を介して大胆に結びつけた発想が、当時の俳人たちの間で大いに評判になり、「木枯の言水」という二つ名がついたそうです。機知的な作風ながら、風と波の音が混ざっていくという感覚的な把握も読みどころで、時代を越えて、後世の俳人・山口誓子にも影響を与えます。

Q2 過去の先行作を踏まえて句を作る技法を、何と呼ぶでしょう?

正解は「**本歌取り《ほんかど》**」です。有名な詩句の一部や、その趣向、発想を借り、自身の作に生かす技法です。元々は和歌の技法で、俳句でも用いられます。誓子自身が明言しているわけではありませんが、ともに水上の木枯を詠《よ》んでいるところから、影響を受けていると思われます。これを「無意識の本歌取り」（平畑静塔《ひらはたせいとう》）とする評もあります。もともと、俳句に使われる季語は、先人たちも詠んできたものです。したがって、意識しなくても、季語を詠むという行為そのものが、本歌取りになる、とも考えられるのです。

言水の句は、木枯の音が湖の波音と一体になったというところに、自然のおおらかさを感じさせます。誓子の句は、陸を離れた木枯が、大洋の彼方をめざしていったまま、帰ってこないという、寂しさの極みを詠んでいます。前にしか進むことのできない風というものの哀れをずばりと言い当て、その音が読者の耳の奥に蕭条《しょうじょう》と響くかのようです。

Q3 動詞を工夫して、「木枯」に人のイメージを重ねている句は、どちらでしょう？

正解は「**海に出て木枯帰るところなし**」です。誓子の句は、言水の句における「木枯の行く末に果てがある」というモチーフをもとに、そこに滲《にじ》み出る寂しさを突き詰めました。「木枯」という季語の本質を突いた句としても十分魅力的ですが、「木枯」に冬の風という以上の意味合いが読み取れるのは、本来は人に使う「帰る」の動詞を木枯に用いている、いわゆる「擬人《ぎじん》法」のレトリックが用いられているからでしょう。そのために木枯に、行きて帰らなかった人の面影が重なってくるのです。

この句が作られたのは、昭和十九（一九四四）年。太平洋戦争が激化していく時期でした。

そのため、この句に触れた人は、海へ出ていく木枯に、特攻隊のイメージを重ねて読んだのです。誓子自身も「その木枯はかの片道特攻隊に劣らぬくらい哀れである」（『自作案内』）と、自作を解説しています。「帰るところなし」という力強い韻律《いんりつ》は、特攻に向かう若者たちの決意を思わせ、まるで戻らないことを積極的に肯定しているかのようで、悲壮です。

まとめましょう 江戸時代初期に活躍した言水と、昭和を代表する俳人・誓子。まったく違う時代に生きた二人の「木枯」競詠です。本歌取りは、古い時代の句を新しい時代の句として再生させる技。言水の句から誓子の句に受け継がれた「木枯」を、私たちも本歌取りで、自分ならではの句に詠み替えてみたいものです

俳句・川柳対決

Q1 俗っぽい言葉を使った面白さがあるのは、どちらの句でしょう?

大根引《だいこひき》大根で道を教へけり

一茶《いっさ》

ひん抜《ぬ》いた大根で道を教へられ

『誹風柳多留《はいふうやなぎだる》』

Q2 土に生きる農民の逞《たくま》しさが感じられる語を一つ、一茶の句から引き抜きましょう。

Q3 一茶の俳句にはあり、『柳多留』の川柳《せんりゅう》にはないものは、何でしょう?

○季語　○切れ　○定型

Q1 俗っぽい言葉を使った面白さがあるのは、どちらの句でしょう?

正解は「**ひん抜いた大根で道を教へられ**」です。川柳の句集『誹風柳多留』は明和二（一七六五）年刊、一茶の句は文化十一（一八一四）年作。旅先の農村で、大根の収穫をしている農民に道を尋ねたところ、引き抜いたばかりの大根で指し示した、というモチーフは共通していますが、偶然と考えられます。どちらにも、クスッと笑える可笑《おか》しみがありますが、笑いの質は異なります。

『柳多留』の川柳では、「ひん抜いた」の俗語といい、「大根で」の「で」の濁音の助詞といい、俗っぽさを前面に出しています。一茶の句は、内容は平俗ながら、「大根」を重ねた反復の技法を用い、末尾は伝統的な「けり」の切字《きれじ》で締め、言葉遣いは洗練されています。言葉遣いの違いは、笑いの質にも影響しています。『柳多留』の川柳は、田舎臭い農民をあざ笑うようなところがありますが、一茶の句には、農民の素朴なふるまいへの、あたたかなまなざしが根底にあります。

Q2 土に生きる農民の逞しさが感じられる語を一つ、一茶の句から引き抜きましょう。

正解は「**教へけり**」です。『柳多留』の川柳は、「教へられ」と受動態の表現になっていて、道を尋ねた作者は、あくまで傍観者の立場です。一茶の句は「教へけり」と、能動態の動詞が使われ、農民が主体的に表現されています。一茶は、農民に正面から向き合い、その意思を尊重しています。

前句付《まえくづけ》といって、選者から示された前句に基づき、一般の人々から応募されたのが、『柳多留』におさめられた川柳です。たとえば、「切りたくもあり切りたくもなし」という前句がお題として出されたら、投句する人は、これに続く句を考えます。切りたいとも、切りたくないとも思う、それは何？——「盗人を捕へてみればわが子なり」というわけ。演芸における「大喜利《おおぎり》」に近いといえるでしょう「ひん抜いた」の句は「馬鹿なことかな〳〵」というお題で作られたもの。都会人の立場から野卑な農民のふるまいを笑う姿勢は、「教へられ」の受動態に表れています。一茶の句は、むしろ野卑なところを眩《まぶ》しく見ています。土まみれの大根を振りかざした姿は確かに可笑しいのですが、「教へけり」からは、旅人に対して一歩も引かない、その土地に根を張った、堂々とした農民の姿が見えてきます。

Q3 一茶の俳句にはあり、『柳多留』の川柳にはないものは、何でしょう？

正解は「**切れ**」です。「季語のあるのが俳句で、ないのが川柳」と一般的に思われていますが、季語がある川柳も数多く存在します。では、どこで分かれるか。俳文学者の復本《ふくもと》一郎《いちろう》は「切れ」の有無がその基準だと言います。

一茶の句は上五《かみご》のあとに軽い切れがあり、中七《なかしち》以下のフレーズと響き合うことで、「大根引、それはこういうものである」と、大根引の季語を自分なりに定義しているかのような力強い断定の調子をもたらしています。また、末尾の「けり」の切字は、余韻《よいん》余情を生んでいます。一句を読み終えたあと、農民が土まみれの大根を向けた先の、広々とした田園風景が、心に広がっていきませんか。

『柳多留』の川柳は、散文のように意味が切れ目なく続いているために、一茶の句のような広がりはありません。川柳はそれでよいのです。解釈の曖昧《あいまい》さを残さず、人事や世相を鋭く穿《うが》つのが、川柳の醍醐味《だいごみ》なのですから。

まとめましょう 『柳多留』の川柳の笑いは、ストレートで、ちょっと毒が混じっています。一茶の俳句に特徴的なのは、土に生きる者への深い共感のうちに滲《にじ》み出る、朗らかな笑いです。信州の農家に生まれた一茶は、大根引の農夫に他人事ならぬ親しみを覚えたのでしょう。

古俳諧の魅力

小説家の川上弘美《かわかみひろみ》さんが、俳句を読む楽しさについて「言葉が短いから、明治のころの俳句とか、もっと言えば芭蕉の句を読んでも、全然古さを感じないんですよね」と述べていました（「ユリイカ」平成二十三年十月号の特集「現代俳句の新しい波」の鼎談《ていだん》）。確かに、十七音という定型を持っている俳句は、他のジャンルの文学に比べて、時代の影響を受けにくいといえます。古俳諧《こはいかい》の名句をいくつか挙げて、その魅力を見てみましょう。

荒海《あらうみ》や佐渡によこたふ天河《あまのがは》　芭蕉《ばしょう》『おくのほそ道』

荒々しく海が波立っています。そのかなたに浮かぶ佐渡の島影を、天の川が荘厳《しょうごん》しているのです。天と地とが、渾然《こんぜん》一体となって読む者に迫ってきます。単なる風景であることを越えて、十七音が一つの宇宙を抱え込んでいるのです。

小傾城《こげいせい》行《ゆき》てなぶらん年の暮　其角《きかく》『雑談《ぞうだん》集』

年の暮で世の中は慌《あわ》ただしいのですが、暇人の自分は遊里にでもしけこんで、「小傾城」すなわち若い遊女でもからかってやろうか、というのです。「なぶらん」の語勢が、世間の常識にとらわれない洒脱《しゃだつ》な人物像を匂わせています。みずからを「詩あきんど」と呼び、伊達を好んだ宝井《たからい》其角らしい一句です。

灰捨《すて》て白梅《しらうめ》うるむ垣ねかな　凡兆《ぼんちょう》『猿蓑《さるみの》』

野沢《のざわ》凡兆には、機智や言葉遊びを前面に出すというよりも、風景のリアリティを感じさせる句が目立ちます。近代の写生俳句のさきがけと評される所以《ゆえん》です。この句は、庭先に灰を打ち捨てたところ、そこに咲いていた白梅が舞い上がった煙で潤んだようだという、感覚的な印象を言い取っています。

やぶ入の寝るやひとりの親の側　太祇《たいぎ》『太祇句集』

「やぶ入り」とは、正月や盆の十六日前後に、奉公人が暇をもらって実家に帰ることを言います。この句は、久しぶりに家に帰ってきた子が、たった一人の親のもとで安らかな寝息を立てているという、物語のワンシーンを切り取ったような炭《たん》大祇の句です。

さうぶ湯やさうぶ寄《より》くる乳《ち》のあたり　白雄《しらお》『しら雄く集』

人事句に秀でた加舎《かや》白雄の句です。「さうぶ湯（菖蒲湯《しょうぶゆ》）」は、端午《たんご》の節句に菖蒲の葉を浮かせた風呂のこと。漂っていた菖蒲の葉が「乳のあたり」に寄せてくるという細やかな観察が読みどころです。健やかな肉体の張りを感じさせ、陰の気を払うとされる「菖蒲湯」らしいといえます。

江戸期の俳句は、時を越えて私たちに共感を誘うものであると同時に、十七音の俳句表現の幅広さ気づかせ、驚きを与えてくれるものでもあります。

和語・漢語対決

雪だるま星のおしやべりぺちやくちやと
松本《まつもと》たかし

×

綺羅《きら》星は私語し雪嶺《せつれい》これを聴く
同

Q1 「星のおしやべり」を現実的に考えたとき、星のどういうありようを指すでしょう?
○流星群　○星の爆発　○星のまたたき

Q2 両句に共通して用いられている技法は、何でしょう?　次から選びましょう。
○オノマトペ　○擬人法《ぎじんほう》
○倒置法

Q3 右の句の「おしやべり」に対応する言葉を、左の句から抜き出しましょう。

Q1 「星のおしゃべり」を現実的に考えたとき、星のどういうありようを指すでしょう?

正解は「**星のまたたき**」です。星が言葉を発しているように見えたのは、星がちかちかとまたたいているのを譬《たと》えたとみるのが自然でしょう。

都会では、街灯やネオンなど、ほかの光があるために、星のまたたきをはっきり見るのは難しいです。二つの句の舞台が、都会ではなく、余計な明かりも少ない郊外の地であることは、それと明らかに書いていなくてもわかります。

作者、松本たかしは、昭和二十三(一九四八)年の一月、新潟県・越後湯沢の宿で俳句の研究会をしたときに、この二句を含む連作を作ったそうです。「しん〳〵と降る雪、こん〳〵と湧く湯、その惜し気のない清潔な天地の饗宴《きょうえん》に参じて、自分はやはり幸福な感じにならずにはゐられなかつた」と、たかしはこの時をふりかえって、随筆(松本たかし『一寸怒鳴って置くこと』)に書いています。

Q2 両句に共通して用いられている技法は、何でしょう? 次から選びましょう。

正解は「**擬人法**」です。「おしゃべり」「私語」はともに、人間の動作についての言葉ですが、これらが星を主体にして用いられています。

擬人法は、一歩間違えれば、俳句を幼稚な印象にしてしまいます。なかなか使いどころが難しい技法といえるでしょう。

擬人法が難しいのには、陳腐になりやすいという理由があります。たとえば、「星のまたたき」という表現は、日常的にもよく使います。だからこそ、俳句で、「星のまたたき」などと使ってしまうと、読者は「よくある表現だな」と思って、通り過ぎてしまうのです。俳句に使うときには、独創的な擬人法が求められるのです。

右の句は、「雪だるま」「おしゃべり」「ぺちゃくちゃ」とひらがなを多く用い、和語の柔らかさを引き出すことで、擬人法によるメルヘンチックな雰囲気《ふんいき》を、最大限に生かしています。楽しそうな夜空の星々のおしゃべりを、雪だるまは耳をそばだてて聞いているのでしょうね。そのように感情移入することで、子供の頃の心をよみがえらせてくれます。

逆に、左の句は、「雪嶺」「私語」といった漢語の厳格な調べを基調としています。そのことで、擬人法に特有の甘さが抑えられています。怜悧《れいり》な綺羅星の輝きと、峻厳《しゅんげん》な雪嶺から成る風景は、向き合う者を厳粛な気持ちにさせます。

Q3 右の句の「おしゃべり」に対応する言葉を、左の句から抜き出しましょう。

正解は「私語」です。星々の声が聞こえてくるほどに静かな夜なのです。「おしゃべり」と「私語」は似ていますが、ニュアンスは微妙に違います。「おしゃべり」というと楽しくにぎやかな感じで、「私語」というと低くささやくような感じです。和語の「おしゃべり」と漢語の「私語」、それぞれの語が、句の雰囲気を決定しています。

俳句は元来、漢語との相性がよいものです。短い文字数で多くのことを伝えようとするときに、一語の中に意味を多く含む漢語の方が、都合がよいのです。その意味では、漢語を用い、漢文体を思わせる左の句は、伝統的な俳句の作り方といえるでしょう。右の句は、やさしい和語を使い、ともすれば子供っぽいメルヘンに陥ってしまうような、危うい作り方ではあります。ただ、本来は昼間に作って楽しむ「雪だるま」の、夜の姿を描いたという切り口の新鮮さによって、大人の鑑賞にも堪《た》える句になっています。

まとめましょう　雪がやんだ後、清らかな夜空で燦爛《さんらん》と輝く星の輝きを詠《よ》んだ二句です。一方は柔らかな和語、一方は硬い漢語の印象を生かし、まったく別の世界観を作り上げています。同じ食材でも料理の仕方で全然違う献立になりますよね。虚子《きょし》門の俊英、たかしの、〃言葉の名シェフ〃ぶりを堪能《たんのう》してください。

俳人・文人対決

Q1 蛇笏の句の「美しき」の形容は、「爪」と「火桶」、どちらに掛かっているでしょうか？

死病得て爪《つめ》美しき火桶《ひおけ》かな

飯田蛇笏《いいだだこつ》

×

癆咳《ろうがい》の頬《ほお》美しや冬帽子

芥川龍之介《あくたがわりゅうのすけ》

Q2 二つの句に共通して、一般に俳句では使わない方がよいとされている言葉が用いられています。次から選びましょう。

○死にまつわる言葉　○感想をあらわす言葉

○身体の部位をあらわす言葉

Q3 より都会的な印象のある句は、どちらでしょうか？

Q1 蛇笏の句の「美しき」の形容は、「爪」と「火桶」、どちらに掛かっているでしょうか?

正解は「爪」です。句末に「かな」を用いる時には、中七《なかしち》を活用語の連体形で軽く切る手法があります。この場合は「美し」の形容詞の連体形「美しき」のあとで切れています。従って「美しき」が直接的に掛かっているのは「爪」です。

虚子《きょし》門の重鎮であった蛇笏の句はさすが、切字《きれじ》を使いこなして、堂々たるものです。龍之介は、蛇笏の「火桶」の句に触発されて俳句に関心を持つようになり、真似をして「冬帽子」の句を作ったそうです（芥川龍之介「飯田蛇笏」）。

龍之介にとって、俳句はあくまで余技。いわゆる〝文人俳句〟です。しかし、龍之介は師・夏目漱石《なつめそうせき》と同様、専業俳人顔負けの名吟を多く残しています。

Q2 二つの句に共通して、一般に俳句では使わない方が良いとされている言葉が用いられています。次から選びましょう。

正解は「**感想をあらわす言葉**」です。一般に俳句は、「美し」と直接言わないで、具体的な物の描写で美を表現するものだといわれます。なぜ、これらの句ではあえて「美し」が用いられているのでしょう。もともと美的なものを「美し」といっても驚きはありません。これらの句では、「死病」「痨咳」（結核）の無残なイメージを、「美し」の語で、大胆にも美に転化しているのです。死に向かいつつある白く細い指が、火桶にあぶられ、ほのかに赤らんでいます。また、冬帽子の下に見える痩《や》せ衰えた頬は、透き通るようです。「爪」や「頬」といった身体性を前面に出しているために、どこか艶《つや》っぽさすら感じられます。死の中に、エロティックな美を発見したのが、両句の読みどころです。

感情豊かに作られていることといい、季語である「火桶」や「冬帽子」があくまで人物の背景として用いられていることといい、この二句に共通しているのは、物語的だということ。火桶の前にいる人物や、青白い顔で冬帽子をかぶっている人物は、どんな人生を送ってきたのだろうかと、想像をかきたてられませんか。

小説家の芥川の俳句が物語的なのは納得です。では、蛇笏は？　実は蛇笏も学生時代には小説家を志して、いくつか作品も書いているのです。蛇笏と龍之介の句が、いい意味で「俳句らしさ」をはみ出ているのは、人間へ深い関心を抱く小説家の資質を持っていたからでしょう。

Q3 より都会的な印象のある句は、どちらでしょう？

正解は「**痩咳の頬美しや冬帽子**」です。蛇笏が選んだ「火桶」の季語は、いかにも山国に生まれ育った作者ならではといえます。龍之介の句は、病でやつれた頬を隠すように「冬帽子」をかぶっているというところに、都会人らしい繊細さが認められます。

蛇笏と龍之介は文学上の友人となり、長らく手紙のやりとりを続けていました。しかし、繊細さゆえに心を病んだ龍之介は、三十五歳の若さで、みずから命を絶ちます。蛇笏が龍之介に贈った次の句は、追悼句の名作といわれるものです。

たましひのたとへば秋の蛍《ほたる》かな

衰弱した芥川の心をたとえるのに、時節を過ぎた「秋の蛍」が、いかにも似つかわしいですね。その人をたとえるとしたら、何がもっともふさわしいか、じっくり考えている、そんな時間の長さが、「たとへば」にはうかがえます。あっさり答えを出してしまうのではなく、ためらいつつ答えを探している、その時間こそが、その人を偲《しの》ぶ心を反映しているのです。

まとめましょう 死にゆく者が最後に放つ、艶めかしい美しさを描き出しているところは、共通しています。ただし、蛇笏は最終的に「火桶」に視点を移して、一つの場面として客観的に死を描いています。対して龍之介は、「冬帽子」でまとめ、あくまで人物から視点を離しません。俳人と小説家の関心の違いが、浮き彫りになっています。

女流対決

つばめ〱泥が好きなる燕《つばめ》かな

細見綾子《ほそみあやこ》

×

来ることの嬉《うれ》しき燕きたりけり

石田郷子《いしだきょうこ》

Q1 綾子の句の「泥が好きなる」は、どんな意味でしょう？ 次から選びましょう。

○泥が好きらしい　○泥が好きになる　○泥が好きである

Q2 郷子の句に「嬉しき」とありますが、これは誰の感情なのでしょう？

○燕　○作者自身　○春の自然そのもの

Q3 ともに繰り返し（リフレイン）の技法が用いられ、句のリズムを弾んだ調子にしています。春の喜びを、より心象的に詠《うた》っているのは、どちらの句でしょう？

Q1 綾子の句の「泥が好きなる」は、どんな意味でしょう？ 次から選びましょう。

正解は「**泥が好きである**」です。「好きなる」は形容動詞「好きなり」の連体形で、「好きである」という意味になります。形容動詞はものの性質や状態を表します。懸命に巣作りしている燕の姿を、「泥が好き」と明るく転じたのが読みどころです。

Q2 郷子の句に「嬉しき」とありますが、これは誰の感情なのでしょう？

正解は「**作者自身**」です。「嬉しき」の後で、意味の流れが軽く切れているのです。ここは、第一義的には「燕」が嬉しいのではなく、作者自身が嬉しいのだと解釈しましょう。ただ、「嬉しき」は連体形ですので、燕もまた、元のすみかに帰って来たことを喜んでいるというニュアンスも含まれているでしょう。詩歌《しいか》特有の、曖昧《あいまい》な表現です。

今回は、明治四十（一九〇七）年生まれの細見綾子と、昭和三十三（一九五八）年生まれの石田郷子、新旧の女流対決です。女性俳句は一般に、おおらかさと伸びやかさにその特徴があると言われます。この句の「好き」「嬉し」という感情表現は、まさに女性的な、直截《ちょくせつ》な感情の発散といえるでしょう。ただし、屈託のない明るさだけが女性俳句なのかといえば、そうではありません。春先になって燕を見かけると、誰しも「ああ、春になったな」と思い、心がほっと浮き立つでしょう。ただ、郷子の句の非凡さは、そのようなささやかな事象をことさらに「嬉しき」といい、「きたりけり」と切字《きれじ》を使ってその喜びを朗々と詠いあげているところです。あるいは、綾子の句が、燕などというささやかな小動物にひたすら心を寄せているのも、見方によっては異常なことといえます。

私たちはふつう、労働し、糧《かて》を得て、遊興し、静養するという生活の中に「好き」や「嬉し」を見出します。自然は、あくまでその背景や彩りに過ぎません。ところがこの二人の女性俳人の句では、人間よりも燕の方に価値が置かれています。男性の作り上げた社会の功利的価値観から脱却し、自然に深く没入していく——すぐれた女性俳句には、新しい価値の提言が秘められているのです。

高浜虚子《たかはまきょし》が、女性の俳句愛好家を増やそうと、自身の主宰する「ホトトギス」に「台所雑詠」という婦人投句者専用の欄を作ったのが、大正五（一九一六）年。そこから生まれた「台所俳句」という言葉は、どこか見下したようなニュアンスを含んでいました。しかし、その後の女性俳人の活躍はめざましく、家事や育児もすぐれた詩になることを証明しました。現代では、女性の詠む題材も格段に広がり、もはや「台所俳句」は死語となったのです。

Q3 ともに繰り返し（リフレイン）の技法が用いられ、句のリズムを弾んだ調子にしています。春の喜びを、より心象的に詠っているのは、どちらの句でしょう?

正解は「来ることの嬉しき燕きたりけり」です。

郷子の句は「来る」の動詞が二回繰り返され、綾子の句は「つばめ」が三回も繰り返されています。どちらも、リフレインが弾んだ調子を作り出して、燕の飛び交う春になった喜びを溢《あふ》れさせています。郷子の句は、来るだけで嬉しいと思っていた燕が、春めいてきたころ、本当に来たのを見つけた喜びが伝わってきます。いうなれば、抽象の「燕来る」が具象に転じた一瞬の、大きく動く心を、リフレインで表現しています。綾子の句は、「つばめ」の繰り返しで、童謡に似たリズムを作り出しています。泥で巣作りをする燕を、まるで子供のような好奇心で仰いでいるのです。天真爛漫《てんしんらんまん》な綾子の句に比べ、郷子の句は、喜びを内に秘めて、静かに噛《か》みしめているようで、より心象的といえます。それは、二人の俳人の資質の違いでもあり、また、生きた時代の違いからくるものでしょう。

まとめましょう 明治までの男性中心の俳句史からの解放を窺《うかが》わせる、女性俳人の新旧の代表句です。大空を飛び回る燕の姿は、男性的価値観に囚《とら》われず、自由な発想と大胆な表現を俳句にもたらした女性たちそのものに見えてきます。

俳人紹介（五十音順）

芥川龍之介　あくたがわ・りゅうのすけ

明治二十五（一八九二）～昭和二（一九二七）年。東京生まれ。子供の頃から作句し高浜虚子《たかはまきょし》や芭蕉《ばしょう》句を模倣、中学では蕪村《ぶそん》や子規《しき》句を愛誦し、高校では松根東洋城《まつねとうようじょう》、村上鬼城《むらかみきじょう》、河東碧梧桐《かわひがしへきごとう》らの影響も受けた。「ホトトギス」に投句、室生犀星《むろおさいせい》らと作句に励むなど、「余技は発句の外には何もない」と言うほど。古俳句調の句、洗練された都会的な句が多い。

飯田蛇笏　いいだ・だこつ

明治十八（一八八五）～昭和三十七（一九六二）年。山梨生まれ。文学の志を持って上京、明治三十八（一九〇五）年、早稲田大学に入学。高浜虚子《たかはまきょし》に師事したが、虚子引退の際に自らも大学を中退し帰郷して家を継ぐ。後に俳壇復帰。大正六（一九一七）年からは「雲母」を主宰。山梨の地にあって、その精進と人格から俳壇の最高峰と謳われた。作風は郷土に密着しつつ、あくまで格調高く、姿勢正しい。

飯田龍太　いいだ・りゅうた

大正九（一九二〇）～平成十九（二〇〇七）年。山梨生まれ。飯田蛇笏《いいだだこつ》の四男。国学院大学に進み、折口信夫《おりくちしのぶ》のもとで国文学を学ぶ。俳句は昭和十六（一九四一）年から父・蛇笏に学ぶ。三人の兄の死亡により、後継ぎとなり帰郷。県立図書館に勤務しながら「雲母」の編集を続け、継承、主宰。現代的な感性を抒情《じょじょう》豊かに表現する作風で、森《もり》澄雄《すみお》と並び、昭和後期から平成にいたる俳壇の双璧《そうへき》と称される。

池西言水　いけにし・ごんすい

一六五〇～一七二二年。大和国（奈良県）生まれ。十六歳で法体し、俳諧に専念。二十歳ごろ江戸に出て談林《だんりん》派の俳人として活躍。天和二（一六八二）年、京都に移り、北越、奥羽、九州などを行脚。京都俳壇を代表する俳人の一人として活躍した。元禄三（一六九〇）年の『都曲《みやこぶり》』の〈凩《こがらし》の果はありけり海の音〉で「凩の言水」の異名をとる。

石田郷子　いしだ・きょうこ

昭和三十三（一九五八）年〜。東京生まれ。父・勝彦《かつひこ》、母・いづみはともに石田波郷《いしだはきょう》の「鶴」の同人。昭和六十一（一九八六）年、「木語《もくご》」に入会、山田《やまだ》みづえに師事。平成七（一九九五）年、木語賞受賞。九年、第一句集『秋の顔』により、第二十回俳人協会新人賞受賞。十六年、「椋」創刊、代表。

石田波郷　いしだ・はきょう

大正二（一九一三）〜昭和四十四（一九六九）年。愛媛・松山生まれ。中学時代に、俳句を始める。水原秋櫻子《みずはらしゅうおうし》の『葛飾《かつしか》』を読み「馬酔木《あしび》」入会、昭和七（一九三二）年、単身上京して編集に携わる。十二年、「鶴」を創刊主宰。以降、人生諷詠《ふうえい》の作風に傾斜し、「人間探求派」と呼ばれる。「鶴」に拠って「韻文精神」を強調、独自の俳句運動を展開。肺疾患で闘病、優れた療養俳句を多く残した。

桂信子　かつら・のぶこ

大正三（一九一四）〜平成十六（二〇〇四）年。大阪生まれ。日野草城《ひのそうじょう》に師事。結婚、空襲、夫の急逝と激動の中で新興俳句の可能性を探求。次第に平明自在な句風に至る。会社を定年退職後の昭和四十五（一九七〇）年、「草苑」を創刊主宰。

加藤楸邨　かとう・しゅうそん

明治三十八（一九〇五）〜平成五（一九九三）年。東京生まれ。昭和六（一九三一）年頃から作句を始める。村上鬼城《むらかみきじょう》、水《みず》原秋櫻子《はらしゅうおうし》に師事。八年、第二回馬酔木《あしび》賞受賞。十二年、東京文理科大学国文科に入学し、馬酔木発行所に勤務。生活の真実を地盤とした俳句を追求し、「人間探求派」と呼ばれる。十五年、「寒雷」を創刊主宰し、多くの優秀な俳人を育てた。

金子兜太　かねこ・とうた

大正八（一九一九）年〜。埼玉生まれ。高校在学中より本格的に句作を始める。昭和十六（一九四一）年、東京帝国大学経済学部に入学。加藤楸邨《かとうしゅうそん》に師事。卒業後、日本銀行に入行。昭和十九年から終戦まで、海軍主計中尉（後に大尉）としてトラック島に赴任。戦後は復職。「海程」主宰。昭和三十年代以降、前衛俳句の旗手として活躍、造形俳句を提唱する。

川端茅舎　かわばた・ぼうしゃ

明治三十（一八九七）〜昭和十六（一九四一）年。東京・日本橋生まれ。岸田劉生《きしだりゅうせい》に師事して画家を目指すが、病気がちとなり作句に専念。四S（水原秋櫻子《みずはらしゅうおうし》、阿波野青畝《あわのせいほ》、山《やま》口誓子《ぐちせいし》、高野素十《たかのすじゅう》）以後の「ホトトギス」の代表俳人として松本《まつもと》たかしと並称される。句は仏教やキリスト教、画道で培われた審美眼を背景に比喩、オノマトペなどを駆使したもので、「茅舎浄土」とも呼ばれる。高浜虚《たかはまきょ》子《し》に「花鳥諷詠真骨頂漢」の称を与えられ、独自の句境を創出した。

河東碧梧桐　かわひがし・へきごとう

明治六（一八七三）～昭和十二（一九三七）年。愛媛・松山生まれ。高浜虚子《たかはまきょし》と共に松山中学、京都三高、仙台二高で学び、共に中退して上京、正岡子規《まさおかしき》の下で俳句に身を投じた。「子規門下の双璧《そうへき》」と謳われたが、新興俳句に傾倒し、伝統的な五七五調を擁護する虚子と激しく対立した。日本全国の俳句行脚や新聞記者としても活躍。

小林一茶　こばやし・いっさ

一七六三～一八二八年。信濃《しなの》国（長野県）・柏原生まれ。十五歳のときに江戸に出て、後に葛飾《かつしか》派の二六庵竹阿《にろくあんちくあ》に入門し俳諧を学び、寛政四（一七九二）年から六年間、俳諧修業の西国行脚を行う。文化十一（一八一四）年、帰郷して妻を娶る。晩年は逆境のうちに没す。俗語、方言を駆使した人間味溢れる生活句、子供や動物など弱者に対する句を多く詠んだ。

西東三鬼　さいとう・さんき

明治三十三（一九〇〇）～昭和三十七（一九六二）年。岡山生まれ。日本歯科医専を卒業し、シンガポールで開業。帰国後、勤めた病院の患者の勧めで俳句を始める。昭和十（一九三五）年「扉」、十五年「天香」創刊同人となるが、京大俳句関係者と見なされ弾圧を受け、約五年間沈黙。二十三年、山口誓子《やまぐちせいし》を擁して「天狼」を創刊し、俳壇復帰。二十七年、「断崖」創刊主宰。

篠原鳳作　しのはら・ほうさく

明治三十八（一九〇五）～昭和十一（一九三六）年。鹿児島生まれ。昭和四（一九二九）年、東京帝国大学法学部卒業後、病弱のため郷里に戻り句作に没頭。六年、中学教師として沖縄県宮古島に赴任、鹿児島の母校に転任後急逝する。自由律俳句誌「天の川」同人。八年、同人誌「傘火《かさび》」を創刊し、新興俳句運動と無季俳句を推進。青春俳句の代表句を生み出した。

芝不器男　しば・ふきお

明治三十六（一九〇三）～昭和五（一九三〇）年。愛媛・明《あけ》治《はる》村生まれ。関東大震災で東京帝国大学農学部を休学、句作を始める。東北帝国大学工学部に入学するが退学。吉岡禅寺洞《よしおかぜんじどう》主宰の「天の川」の代表作家として活躍。大正十五（一九二六）年以降「ホトトギス」にも投句。〈あなたなる夜雨の葛のあなたかな〉が高浜虚子《たかはまきょし》の名鑑賞を受け、四S（水原秋櫻子《みずはらしゅうおうし》、阿波野青畝《あわのせいほ》、山口誓子《やまぐちせいし》、高野素十《たかのすじゅう》）以降の新人として注目された。二十六歳で肉腫のため夭《よう》逝《せい》。

杉田久女　すぎた・ひさじょ

明治二十三（一八九〇）～昭和二十一（一九四六）年。鹿児島生まれ。東京女子高等師範学校付属高女を卒業、翌年画家教師と結婚。大正五（一九一六）年頃作句を始め「ホトトギス」に投句、端正な作風を高浜虚子《たかはまきょし》が絶賛。昭和七（一九三二）年、女性俳誌「花衣」を創刊するが五号で廃刊。強い個性と俳句への偏執的な愛着が次第に常道を外れ、句作から離れる。

高野素十　たかの・すじゅう

明治二十六（一八九三）～昭和五十一（一九七六）年。茨城生まれ。東京帝国大学医学部卒業後、法医学教室に入局。同教室の先輩であった水原秋櫻子《みずはらしゅうおうし》に誘われ俳句をはじめる。十二（一九三七）年より「ホトトギス」に投句し、高浜虚子《たかはまきょし》に師事。水原秋櫻子、山口誓子《やまぐちせいし》、阿波野《あわの》青畝《せいほ》とともに四Sと呼ばれ活躍。ドイツ留学後、新潟医科大学の教授、後に学長となり、退官後は奈良医科大学の教授を務める。六十三歳で主宰誌「芹」を創刊。

鷹羽狩行　たかは・しゅぎょう

昭和五（一九三〇）年～。山形生まれ。中央大学法学部卒業。高校在学中に俳句を学ぶ。山口誓子《やまぐちせいし》の「天狼」に入会。昭和五十三（一九七八）年、「狩」を創刊主宰。その作品は伝統派でありながら戦後俳句にふさわしい新しさを持ち、洒脱。生命力、ユーモア、ウィットに溢れたものが多い。

高浜虚子　たかはま・きょし

明治七（一八七四）～昭和三十四（一九五九）年。愛媛・松山生まれ。中学の頃から同郷の正岡子規《まさおかしき》を慕う。京都三高・仙台二高に進学するが退校し、明治二十七（一八九四）年、上京して子規に師事。三十一年に松山の俳句雑誌「ホトトギス」の経営を引き継ぎ、主宰。「花《か》鳥諷詠《ちょうふうえい》」を理念とし、「客観写生」を方法として唱え、実作、俳論を展開した。

竹下しづの女　たけした・しづのじょ

明治二十（一八八七）～昭和二十六（一九五一）年。福岡・稗田村生まれ。小倉師範学校助教諭となり、国語、音楽を担当。二十五歳で結婚。三十二歳で俳句を始める。「ホトトギス」に投句、女性初の巻頭を得る。漢語を頻用した知的で剛直な詠法は、近代女性俳句の先駆的存在として評価されている。

千代女　ちよじょ

一七〇三〜一七七五年。加賀国（石川県）・松任《まっとう》生まれ。十二歳の頃俳諧を学び、十七歳の時に各務支考《かがみしこう》から訪問を受け、「あたまからふしぎの名人」と称えられて諸国に知られる。支考、美濃《みの》・伊勢《いせ》派の人々と親交。宝暦四（一七五四）年、剃髪後、素園《そえん》と号す。「加賀の千代女」として知られる。

寺山修司　てらやま・しゅうじ

昭和十（一九三五）〜五十八（一九八三）年。青森生まれ。十代で俳壇、歌壇に登場。高校在学中に山彦俳句会結成。十代で俳句誌「牧羊神《ぼくようしん》」を創刊。瑞々しい十代俳句を展開した。二十九年、早稲田大学教育学部国文科入学、早稲田大学短歌会などで歌人として活躍。四十二年、劇団「天井桟敷《てんじょうさじき》」を結成。多彩な前衛活動に挺身した。

富澤赤黄男　とみざわ・かきお

明治三十五（一九〇二）〜昭和三十七（一九六二）年。愛媛生まれ。早稲田大学政経学部在学中に松根東洋城《まつねとうようじょう》の「渋柿」を知り、俳句に関心を抱く。「ホトトギス」他へ投句、頭角を現す。日野草城《ひのそうじょう》の「旗艦」創刊に参加。昭和十二（一九三七）年に応召され中国転戦中、迫真的な前線俳句を発表。戦後は総合誌「詩歌殿」を編集発行、二十七年、「薔薇」を創刊。

中村草田男　なかむら・くさたお

明治三十四（一九〇一）〜昭和五十八（一九八三）年。中国・厦門《アモイ》生まれ。大正十四（一九二五）年、東京帝国大学に入学。「東大俳句会」に参加し、高浜虚子《たかはまきょし》、水原秋櫻子《みずはらしゅうおうし》の指導を受ける。昭和八（一九三三）年、成蹊学園に就職。九年、「ホトトギス」同人となり、川端茅舎《かわばたぼうしゃ》・松本《まつもと》たかしらとともに雑詠欄で擡頭《たいとう》。また、加藤楸邨《かとうしゅうそん》・石田波郷《いしだはきょう》らとともに「人間探求派」と呼ばれる一方、その難解性も批判された。

野見山朱鳥　のみやま・あすか

大正六（一九一七）〜昭和四十五（一九七〇）年。福岡・直《のお》方《がた》町生まれ。少年時代から絵画の才能があり美術を学ぶが、病弱のため療養所生活を送る中、俳句に出会う。高浜虚子《たかはまきょし》に師事し、昭和二十一（一九四六）年、「ホトトギス」六〇〇号記念号の巻頭となり、注目される。二十四年、「菜殻火」主宰。「生命諷詠《ふうえい》」を掲げて独自の心象詠の句境を樹立し、俳壇の振興指導に努め、多くの新鋭を育てた。

橋本多佳子　はしもと・たかこ

明治三十二（一八九九）〜昭和三十八（一九六三）年。東京生まれ。菊坂女子美術学校日本画科に進むが肋膜《ろくまく》を病み退学。大正六（一九一七）年、建築家で実業家の橋本豊次郎と結婚し、福岡・小倉に住む。山口誓子《やまぐちせいし》に師事。

昭和二十三（一九四八）年、「天狼」に参加、二十五年、「七曜」創刊、後に主宰。中村汀女《なかむらていじょ》、星野立子《ほしのたつこ》、三橋鷹女《みつはしたかじょ》とともに四Tといわれた。

長谷川かな女　はせがわ・かなじょ

明治二十（一八八七）～昭和四十四（一九六九）年。東京・日本橋生まれ。明治四十二（一九〇九）年、長谷川零余子《はせがわれいよし》と結婚。大正二（一九一三）年、高浜虚子《たかはまきょし》が募集した「婦人十句集」に参加して本格的に俳句に取り組む。ホトトギス婦人句会の幹事を務め、女性俳句隆盛の先駆者として活躍。十年、零余子が「枯野」を創刊し、参加。昭和五（一九三〇）年に「水明」を創刊主宰。

原石鼎　はら・せきてい

明治十九（一八八六）～昭和二十六（一九五一）年。島根生まれ。明治四十一（一九〇八）年、京都医学専門学校に入学するが放校、放浪を始める。奈良・吉野で次兄の病院を手伝う。山中での句を「ホトトギス」に投句、高浜虚子《たかはまきょし》の高い評価を得る。大正四（一九一五）年、ホトトギス社に入社し、雑誌編集などに携わる。「鹿火屋《かびや》」創刊主宰。力強い作風で、大正期には飯田蛇笏《いいだだこつ》と並び称された。

日野草城　ひの・そうじょう

明治三十四（一九〇一）～昭和三十一（一九五六）年。東京・上野生まれ。大正七（一九一八）年、十七歳で「ホトトギス」に入選。十三年、京都帝国大学法学部卒業、大阪海上火災保険会社に就職。昭和九（一九三四）年、「俳句研究」に新婚初夜をテーマとした連作「ミヤコ　ホテル」を発表。翌年、「旗艦」を創刊主宰、関西での新興俳句の拠点となる。

細見綾子　ほそみ・あやこ

明治四十（一九〇七）～平成九（一九九七）年。兵庫生まれ。昭和二（一九二七）年、日本女子大学国文科を卒業、結婚。二十三歳までに両親と夫を失い、病床に倒れる。担当医の勧めで俳句を始め、松瀬青々《まつせせいせい》に師事。青々没後、同門の右城暮石《うしろぼせき》、古屋《ふるや》ひでを等と活躍。戦後、社会性俳句の旗手・沢木欣一《さわききんいち》の「風」創刊に参加、沢木と再婚し一子をもうけた。

正岡子規　まさおか・しき

慶応三（一八六七）～明治三十五（一九〇二）年。伊予国（愛媛県）・松山生まれ。政治家を志し上京。明治十八（一八八五）年頃から俳句、短歌の実作を始める。二十三年、東京帝国大学哲学科に入学するが中退。東京・根岸に居を移して俳句研究に没頭、俳句革新運動を展開。高浜虚《たかはまきょ》子《し》・河東碧梧桐《かわひがしへきごとう》らと新派を結成し、実作・評論を発表し近代俳句の出発点となる。

松尾芭蕉　まつお・ばしょう

一六四四～一六九四年。伊賀国（三重県）・上野生まれ。京都に出て貞門《ていもん》の俳諧師として自立後、江戸に下り、点取俳諧宗匠として独立。三十七歳で俳諧師生活を清算、深川に芭蕉庵を結ぶ。「侘び」の詩情を詠出し蕉風の道を開く。定住と旅をくり返し、多くの門弟を育てた。旅先の大坂で没。

松本たかし　まつもと・たかし

明治三十九（一九〇六）～昭和三十一（一九五六）年。東京・神田生まれ。能役者の家に生まれたが、肺尖カタル、神経衰弱などを病み、能役者として立つことを断念。高浜虚子《たかはまきょし》に師事し、二十三歳で「ホトトギス」の巻頭を飾る。昭和二十一（一九四六）年、「笛」を創刊主宰。境遇の似た川端茅舎《かわばたぼうしゃ》とは親友となり、「芸術上の貴公子」と言わしめた。「只管《ひたすら》写生」を唱え、一貫して自然を写生し、句は端正で気品高い。

水原秋櫻子　みずはら・しゅうおうし

明治二十五（一八九二）～昭和五十六（一九八一）年。東京・神田生まれ。東京帝国大学医学部研究室時代の大正八（一九一九）年、「渋柿」に投句し、松根東洋城《まつねとうようじょう》の指導を受ける。ホトトギスに投句し、高浜虚子《たかはまきょし》に師事。山口《やまぐち》誓子《せいし》、高野素十《たかのすじゅう》、阿波野青畝《あわのせいほ》とともに四Sと呼ばれて、「ホトトギス」第二次黄金時代を担う。昭和三（一九二八）年、「馬酔木《あしび》」を創刊主宰。

三橋敏雄　みつはし・としお

大正九（一九二〇）～平成十三（二〇〇一）年。東京・八王子生まれ。新興俳句に共鳴して渡邊白泉《わたなべはくせん》に師事。十七歳で「風」に発表した「戦争」と題する戦火想望俳句で、山口誓子《やまぐちせいし》から「怖るべき作家」と激賞され、新興俳句無季派の新人として知られるようになる。戦後は古俳諧の研究による普遍性への配慮が加わり、過去と未来を往還する懐かしさともいうべき句風を樹立した。

森澄雄　もり・すみお

大正八（一九一九）～平成二十二（二〇一〇）年。兵庫生まれ。五歳から長崎で育ち、俳句は十歳頃から始める。九州帝国大学法文学部卒業。昭和十五（一九四〇）年、加藤楸《かとうしゅう》邨《そん》の「寒雷」創刊に参加、翌年、巻頭。高校教諭として勤務する傍ら、「寒雷」編集長を十五年間務める。「人間探求派を超える」ことを課題として「杉」を創刊主宰。やわらかな抒情《じょじょう》と深々とした人生観照の句風を樹立した。

山口誓子　やまぐち・せいし

明治三十四（一九〇一）〜平成六（一九九四）年。京都生まれ。京都三高を経て東京帝国大学法学部入学、「東大俳句会」に加わり高浜虚子《たかはまきょし》の指導を受ける。昭和元（一九二六）年、大阪住友合資会社に入社。七年、第一句集『凍港』によって「新しい俳句の世界の構成」を標榜。新興俳句運動の旗手と目される。二十三年、「天狼」創刊主宰。

与謝蕪村　よさ・ぶそん

一七一六〜一七八四年。摂津《せっつ》国（大阪府）生まれ。二十歳の頃、俳諧と絵画の修業に江戸に出て、俳諧は談林《だんりん》系の早野巴人《はやのはじん》に師事。巴人没後、約十年間、東北・関東を放浪、宝暦元（一七五一）年に入洛。まもなく丹後・与謝に定住し妻帯、与謝姓を名乗る。絵画、俳諧ともに進境著しく、絵画的、浪漫的ともいえる独自の句風を確立した。

渡邊白泉　わたなべ・はくせん

大正二（一九一三）〜昭和四十四（一九六九）年。東京・青山生まれ。慶応義塾大学経済学部卒業。昭和八（一九三三）年、「馬酔木《あしび》」に投句。たちまち頭角を現し、同人となる。十年以降は、新興俳句の有力な新鋭俳人として活躍。十四年、「京大俳句」「天香」に参加。日中戦争勃発以後、銃後俳句を詠み、戦争の本質に肉薄した傑作を次々と作ったが、戦後は俳壇を離れた。

俳人別索引（五十音順）

季節別索引

髙柳克弘《たかやなぎ・かつひろ》

昭和五十五（一九八〇）年、静岡県生まれ。早稲田大学大学院教育学研究科博士前期課程修了。専門は芭蕉の発句表現。「鷹」編集長。第十九回俳句研究賞受賞。著書に『凛然たる青春――若き俳人たちの肖像』（第二十二回俳人協会評論新人賞）、『芭蕉の一句』、句集に『未踏』（第一回田中裕明賞）、『寒林』。「NHK俳句」二〇一七年度選者。読売新聞夕刊「KODOMO俳句」選者。

本書は「NHK俳句」二〇一四年四月号から二〇一七年三月号の連載「名句徹底解剖ドリル」「判定ドリル名句名勝負」をもとに加筆・再編集したものです。

装幀　児崎雅淑（芦澤泰偉事務所）
DTP　天龍社
校正　青木一平、岩儀和子
編集協力　網干 彩

NHK俳句
作句力をアップ 名句徹底鑑賞ドリル

二〇一七（平成二十九）年七月二十五日　第一刷発行

著者　髙柳克弘

発行者　森永公紀
発行所　NHK出版
〒一五〇-八〇八一　東京都渋谷区宇田川町四一-一
電話　〇五七〇-〇〇二-一四三（編集）
〇五七〇-〇〇〇-三二一（注文）
ホームページ　http://www.nhk-book.co.jp
振替　〇〇一一〇-一-四九七〇一
印刷　大熊整美堂
製本　藤田製本

　ISBN978-4-14-016253-8　C0092